空が分裂する

JN269366

最果タヒ

目次

第一部

第二部

目次

カバー写真／川島小鳥
モデル／柳 英里紗
アートディレクション／下山隆（RedRooster）
デザイン／高木紗耶・福永真未（RedRooster）

第一部

器械

イラスト／小林系

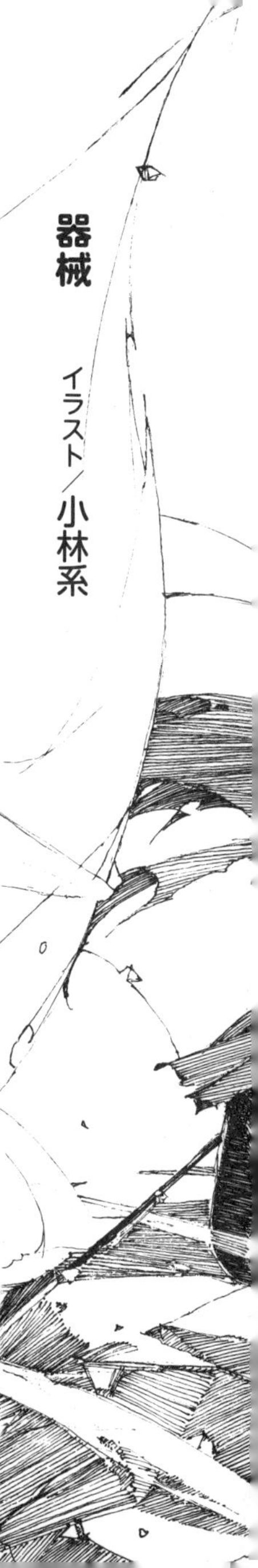

エネルギーの保存則を使用して、今日から賛美歌をつくりたい、回る楽器たちが光を反射してそれだけで十分きれいだった、ラッパや太鼓をつるしただけの大木が世界一のツリーに認定される。

あれから、もう、1億年。世界中から砂という砂が、人間のことを考えて、なんともまあ無残に、なりましたと呆れるこの日、ツリーは輝いて当たり前のように黄金で、彼らを黙らせるだろう。

美しさとはなによりも雄弁で、だれかがたぶん言っている。見てごらん、砂、これは黄金のラッパだ、太鼓だ、木々につるされて太陽の光を放ち、そうして月と☆の光を捕らえて飲み干し、夜の青空から光を奪っている。

あの日、どうやっても死なない気がしていた。太陽の光がある限りは永続的にそこにある気がしていた。あの頬も、町も、等間隔で並んでいる街灯も、車輪が、こすれる音も。夜に一瞬途切れるだけで、すぐに光のように未来へ永遠に、のびていくのだと思っていた。

幸せだよ。これほどに文明は栄えて。砂漠の中でうずまりながら、早く町に帰りたいと、のぞんでいる。記憶の中で、できるかぎり最高の都会を、あれがぼくの町だとねつ造していた。

風で、浮きあがった大量の黄土に包まれ、埋まっていく。

きみのだいじなコート

イラスト／市川春子

もっとたくさん冬が来て、雪が積もって、できれば寒くはなくて、霧の中、
外灯でてらされた、みどりのコート、袖からはみだした肌色に、駆け寄れば
すてきだろう、おふろのなかでなんどもそのシーンをおもいだしては、ちょっ
とおぼれかけるだろう、
冬が来ても寒くなくて、そして雪が積もって霧の中、馬がかけていく、馬車だ、に
おいはなくて、馬車のきんぞくぶぶんが、光りほんとうに線みたいな残像がみえる、
近づいて触れると、ぽろぽろと砕けていく残像の破片を、わたしはあわてて皮の手
袋につめて帰る
馬は、いきていないといい、そうすればにおいはなくて、そう、プラスチック
みたいに、みずいろで、半透明だともっといい、近くにあるふるいマンションや、
コンクリートのたぐいはすべてつぶしてしまって、ふるびた洋館が並んでいたら
いいのだ、

たんぽぽを除草剤でからした、石畳にするため

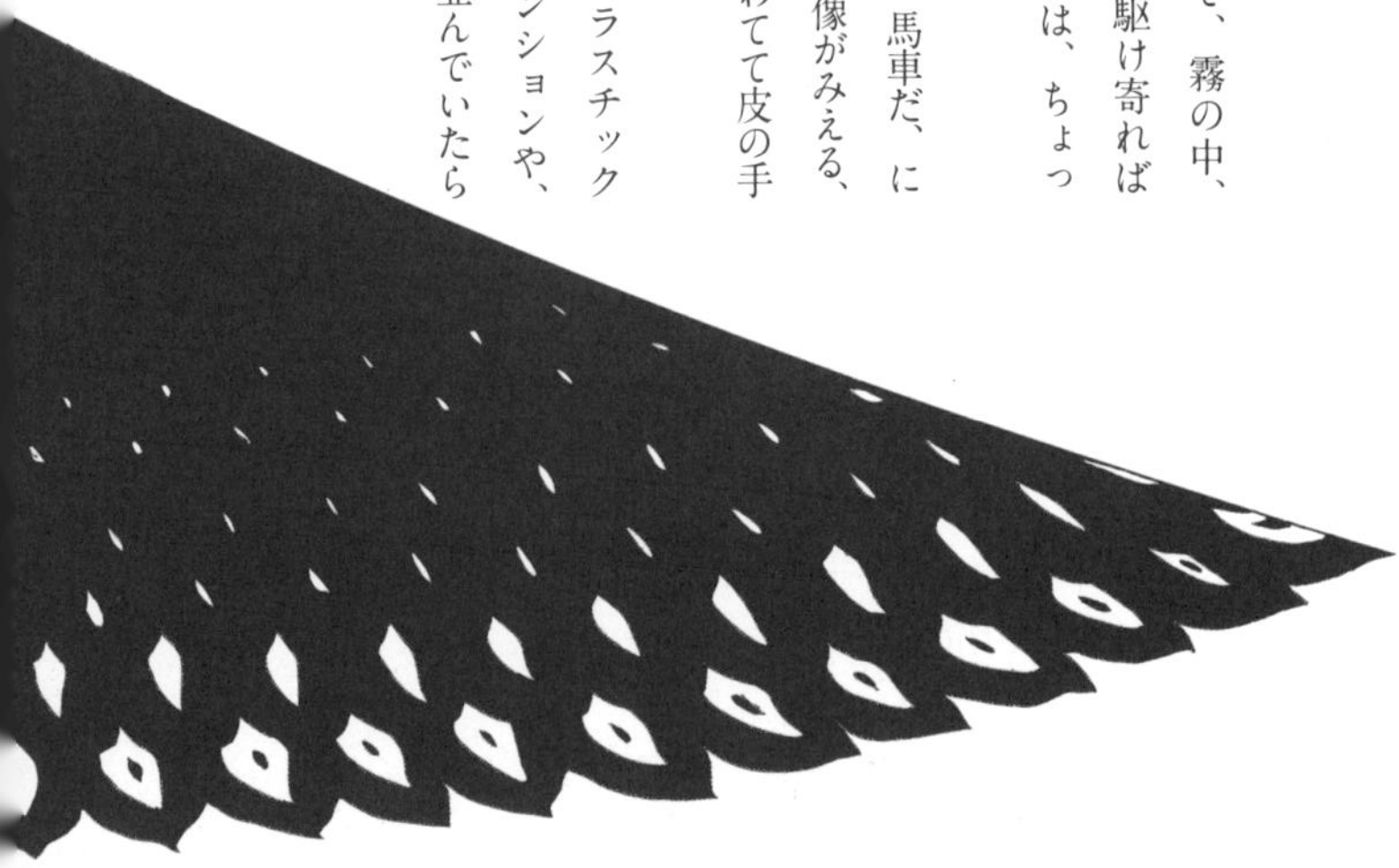

人より　きっとトマトみたいに　完熟した赤い実が冬は映える　耐えられる?
耐えられるよとこたえたら、そのまま人はほろびトマト畑だけの地球儀になっる♪

14才の化学進化説

イラスト／萩尾望都

「世の中は
完成されすぎている、
テレビとテレビの背景の本棚を見ながら、
なぜ海にしか海水はないのかについて考えた。海からしか生命は生まれなかったことについて絶望を考えた。生命のスープなんてものになすりつけたイノチの神秘性など安いものだ、雪みたいに降ってきましたってだれか断言してくれよ。」

朝焼けのころのかみなりは
夜空が追われて地平線へと落ちていく、
その合図にしか思えないね。雷鳴、知らせますか朝のころを。
地平線の向こうでは今こそ「おやすみ」と言っていて、
バカじゃないかと私は疑う。

神話のままでいたい

「わかってもらおうなんて思ってないヨ、だって石鹸で手を洗えば風邪を引かないから

生きていける、知ってる？ 生きていたらそれでいいんだって、成績とか体重とか、どうだっていいんだって、
父母が言っていた、生きてたらそれで満足なんだ、子供は天使なんだって。
「あの子が元気でいてくれるならほかに何も望みません。」

中学生のころ止まったンだ、朝目が覚めて親友だよね？っていうメールをひらいていた、頭上で太陽系が滑空し、昼がきて夜がきて、春が過ぎて夏だった、私はあおむけになってみる、水曜日がすぎた教室で音程の壊れたピアノが燃えた、

みんな死んでるかもしれん、
朝焼けであるのに誰もみえん、街は凍りついたよう、
死がひたって静かで、
「しずか」だった。

わかってないぢゃない、しんゆって言わないで、放っておくのが正しかった、私ははぢめての熱いゆうぢょおに心浮かれてついうっかりそのメールに、はいイエスと答えてしまった、その瞬間かのぢょと私の関係が、粉砕し部屋中に破片となって飛びちり、壁に突きささるまでに私の頬の細胞をけずりとっていったのだった、あかいちはでなかったし出ても気付かなかっただろう私はそれで満足していたが「感情は名をつけたら俗物になるんよ」
感情は名をつけたら俗物になるんよ
感　情　は　名　を　つ　け　た　ら　俗　物　に　な　る　ん　よ

石鹸食べても死ねんよ、おなかきれいになるだけだよ。結構おへそ直撃で刺されたら助かる気がしれんとつぶやいて、死ぬ気もないからそんなことが言えるのだ、珍しい魚は珍味らしいという話をしながら北海道を歩いて、その魚のことだけを考えて小一時間生きていける私「中学生から止まっている」だれもわかってくれるなんて思ってありまへん、色のない世界あぁむなしいわと言いながらうな重に心躍る安い時間、めったに、めったに観られへんとゆうだけで美術館に行くな。

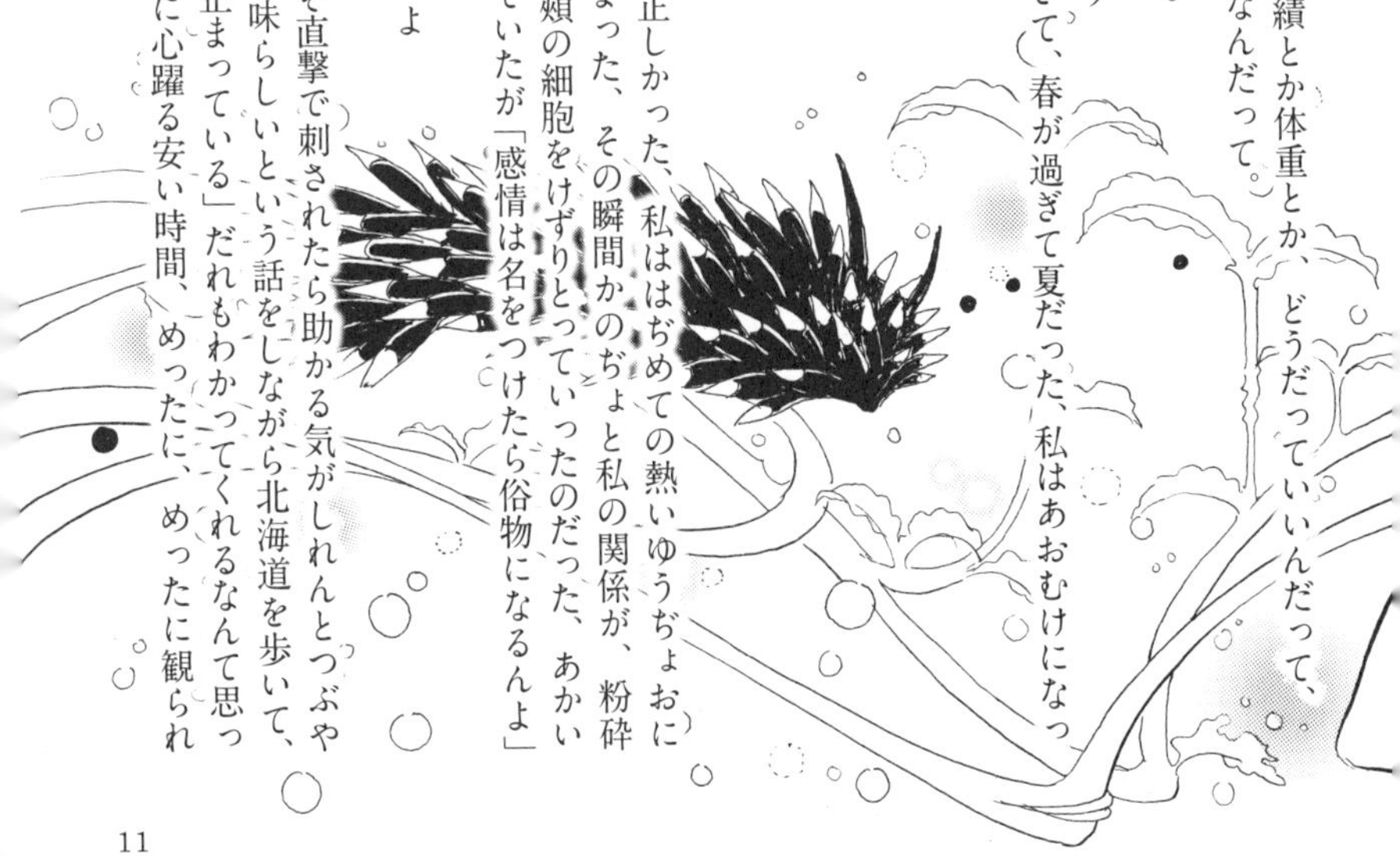

放火犯

イラスト／山本直樹

あなたは家についてなにか知ってる？　家を食べたら壊したら
燃やしたらどんな気持ちになるか知ってる？

迎えに来ないのはなんでなんだろうって考えてみました。人類が発生してからいままで私がすべてを生きてきたわけではないということが、たとえばこれから死んでも人類が生きつづけるということが、私以外のみんなが人類の一こまとしてすてきにえいえんであることが、ぴかぴかと光って見えていました。

女子校の南門に夜露死苦と書いてもだれもが無視して通り過ぎてしまったから、女の子なんてもういらないんだって実はわたし知っていた、中性になってぼくら、この世代で人類を絶滅させようじゃないかと発案する、ムーミンが世界に台頭するのもいいね、淡い期待を胸に男女のあいだにとびこんでいくこと、生命への否定って神につながるのかな悪魔につながるのかな、ただ「煩悩はけがらわしい」、から、聖なるものにちがいないのです　僕らは天使になれる

「骨が埋まっているよ！」私はいのちであるから、
「原始人だ！」物体より尊いというのは本当だったんだろうか、
焼いた服は気の毒ではなく、永遠に残った骨が、地表から覗いた日にマグマが流れ出して、溶けてしまう、のに、どうしたって気の毒ではなかった。成分元素、質量保存の法則、保存される私のカルシウム炭素水素酸素、舞い落ちるカルシウム炭素水素酸素、かけらを口に運ぶ、かけらを口に運ぶ、飲み込む、飲み込むのはだれ？　飲み込んだものはなに？

幻滅する 幻滅のあさ よる ひる 水? 水、おぼれるもの、しぬところ、うまれるところ、いのちの母、しかしだれも、生まれたところを見てはいない。見てはいないのになぜ母とよぶの? なぜ郷愁するの、母、飛び出してみた白い世界、赤い膜につつまれたわたし、守られたわたし? 左手、うごく、右手、うごく、目を、閉じて裏側を見て白い格子模様、それ、それが誕生だと言うのはだれ? 家を失ったことがないのね。いつか死ぬのだからってほんとう? 本当にあなたは死ぬの? だれがそう保証してくれているの? 家を失ったことが無い、だから家を燃やしてしまえる、ずっと同じ形をしていた、建設されたもの、赤い屋根? 青い屋根? 白い肌、緑の周辺、くるくる回る地軸、北極と南極にはさまれ、プレスされゆく島、ふくれる海、あふれる海、沈める海、公園、神社、学校、沈んでいく、晴れ

この音は 誰かが殴られ倒れるおと
この音は 子供が誘拐されるおと

君は先週なにを残した?
10年後その7日間を覚えているのかな、あさって、
その7日間を覚えているのかな、昨日なにを食べた? どんな夢を見た? 君は先週なにを残した?

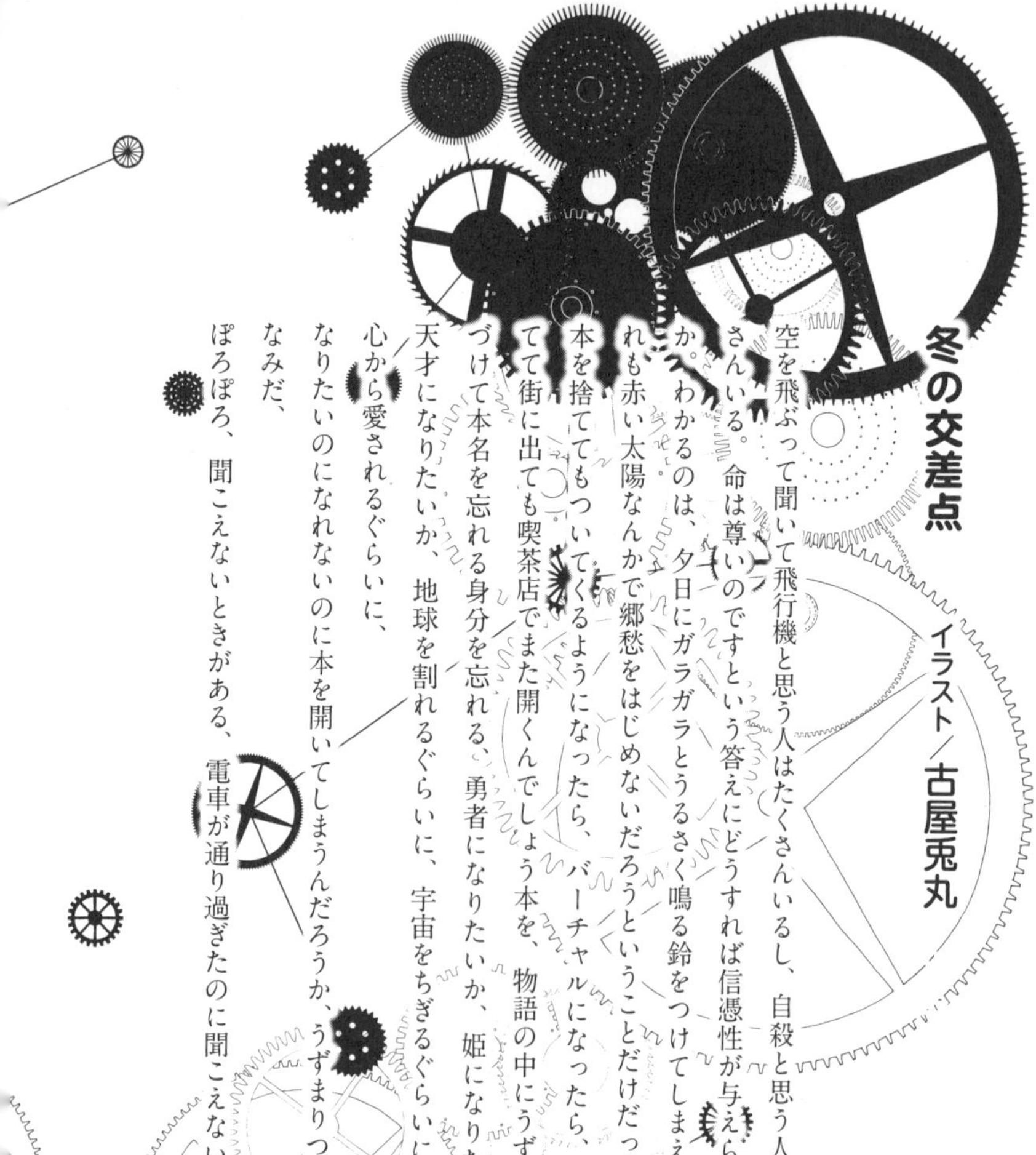

冬の交差点

イラスト／古屋兎丸

空を飛ぶって聞いて飛行機と思う人はたくさんいるし、自殺と思う人もたくさんいる。命は尊いのですという答えにどうすれば信憑性が与えられるのか。わかるのは、夕日にガラガラとうるさく鳴る鈴をつけてしまえば、だれも赤い太陽なんかで郷愁をはじめないだろうということだけだった。

本を捨ててもついてくるようになったら、バーチャルになったら、本を捨てて街に出ても喫茶店でまた開くんでしょう本を、物語の中にうずまりつづけて本名を忘れる身分を忘れる、勇者になりたいか、姫になりたいか、天才になりたいか、地球を割れるぐらいに、宇宙をちぎるぐらいに、猫に心から愛されるぐらいに、

なりたいのになれないのに本を開いてしまうんだろうか、うずまりつづけて

なみだ、

ぽろぽろ、聞こえないときがある、電車が通り過ぎたのに聞こえないとき、

車が走り出したのに聞こえないとき
イルミネーションの、点滅の音が聞こえない
幸福な、音だろう、それを
耳にできないころ
私は物語の中で、生まれてすらいなかった
マスクの中で息が回転をして、その感触しかわからない

永遠

イラスト／ワカマツカオリ

彼は振り向いて「もうだれもいなくなった」と言ったし、話しかけた相手はどこにもいなかった、ピアノの音がいちどだけ部屋から響いて、そのあとはなにもなかった、　窓から、
雨の音が入室する

季節がやってこないんだ

本当は冬も夏も、さむいとあついだけで区別していた。花の名前を知ることがなくて、死の話、それしかできないことが、ぶらさがっている、頭の上で。明日の食費のことだけを考えれば自尊心が傷つくから、死と生の話で時間をごまかしつづけていた。

いつも、空というものをあいまいに定義して、なんでも空と呼んでいたらいいような気がしているよ。殺人も、恋も、すべて空と呼べばいいように思えていた。
また私は幸せになる
絶望も知らないことを理由に、説得力を失って、話すことがなくなっていく。本棚で読んだ不幸を、知らないことは不利だ。あなたなんかにわからないと言われて言い返す権利が私にはない。

森に落ちていくとき、突き刺さることしか考えられなくて、針葉樹が刃物に見えた。だれかに、死について気安く話してはならないよと習ったから、いつまでも死について考える権利が得られない（死ぬまで）。
うるおった大地で麦畑は豊作、
ゆうじんたち
夕日のなか
のびる影、
あの日、恒星が死ぬのを飽きるまで見つめた

空が分裂する　永遠　Illustration by WAKAMATSU KAORI

北の沼地

イラスト／冬目景

60億のバラが並んでいたらもう誰もいられないじゃないか。鉄の、はしごでバラの上に登って叫んだらだれかが返事をしてくれるはずだ、だから大丈夫だって、何度も思っているけれど都会はいつだってバラがありすぎて、猫もみかけない。本当にさみしがりやなら、だれもかれもを故郷から誘拐してくるべきだったんだよ。

未来では星が消える。夜の空からも昼の空からも、消えて、光がないから、いつもなにも見えなくて「いますか」「いるよ」「いますか」そうやって何べんもだれかがそばにいることを確認して安心して、あるときくだらなくなる。そうして片方が眠り始めると、もう片方は、「いますか」と尋ねたまま、星のない黒い空を見る。

幸せな人は「太陽がいっぱい」に見えるんだって聞いたよ。ぼくもたくさん見たいから、ぼくも乱視になりたいんだ。

そしてぼくはたくさんの木々が生えた北の沼地へ旅に出る。「いますか」に答えないまま。おみやげにバラを大量につんだ。今でも向こうであたらしく友達ができるって信じがちだった。

空が分裂する　北の沼地　Illustration by TOUME KEI

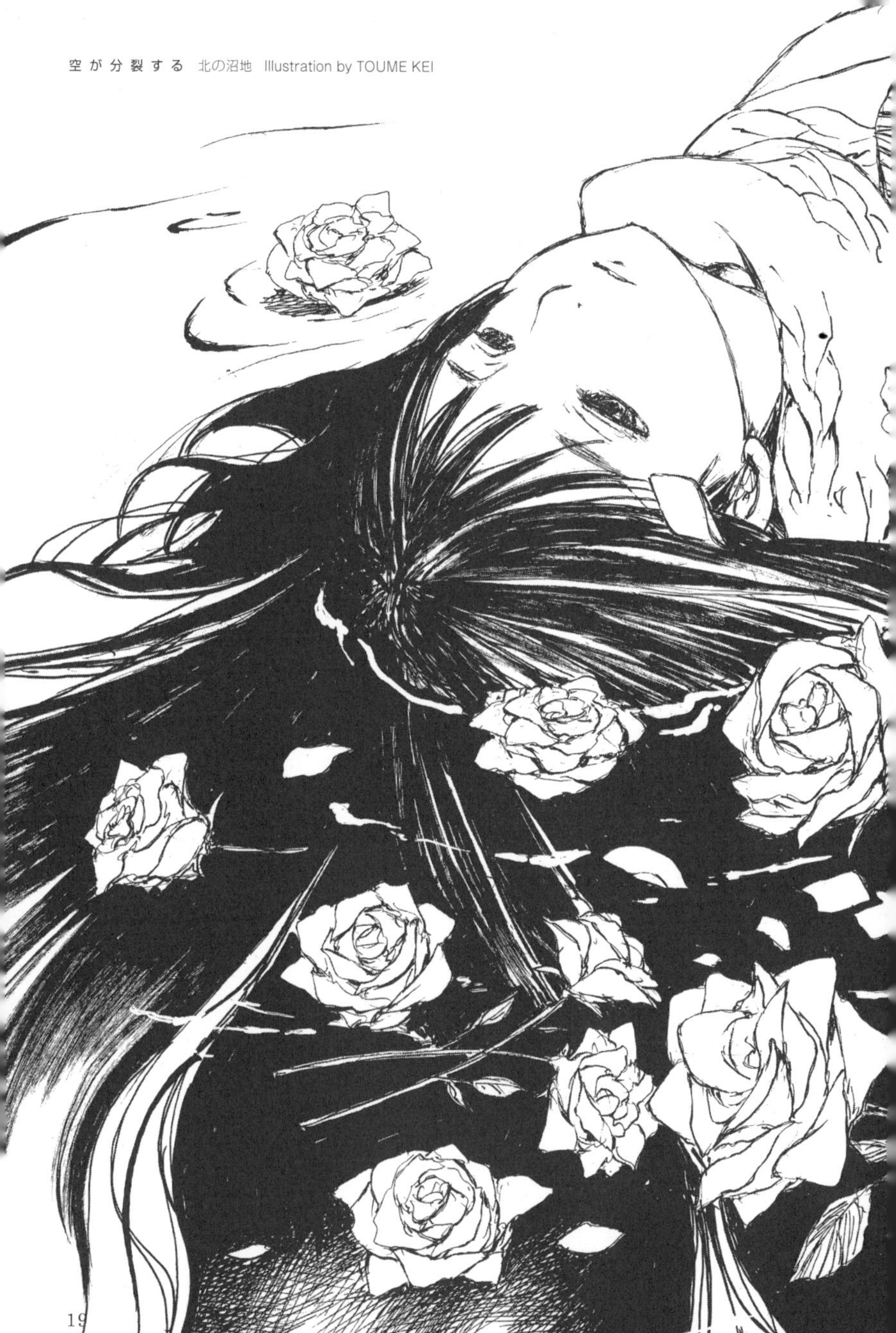

へらない

イラスト／宮尾和孝

カーテンのすきまからやってきた月の断片
が、朝日みたいにはげしく光る
ぴしぴし　砕けていき、軋む音とまったく関係のない、
リズムで光の量はかわる、しゅっと溶けるみたいにうしなわれる
Blue Monday みたいな　植物になりたい
誰にも分からないひとと、会話がしたい　仲良くしたい
たくさんが、ずっとしゃべり続けていてくれたら
私は何も言わなくてすむだろう
耳は静かだねといつも言うんだ、電車が通り過ぎた音、線路の破裂音、踏み切り
のサイレン、小学生の下校、笑い声、泣き声、乳母車が通り過ぎてカラスが帰る
はばたきの音、
静かだねと言うんだ
だれも語りかけてこないね
あったことのない人を、みんなともだちだと思いたい
あったことがないまましんでくれたら
ともだちとして

いいともだちとして
永遠に思いこめるに違いない
行ったこともないような、どこかの国で、ある日びょうきがはやるんだ、だれか
が死んで、その人はおともだちだった　いいおともだちだった
それで私はかなしいのか、泣くのか、明日には笑ってテレビを見るのか
ストレス
毎日何万と死んで
毎日何万と生まれて
ともだちが入れ替わる
ひどいことをする、意味のないことだ、
会うことがないともだちは、入れ替わっても代わり映えしないのに
死は訪れるね　むいみに生まれ変わるね
午前午後夜
切っても生える草みたいに　変化が好きだ
うまれたひとと　くるっている
しんだひと
なにが違うっていうの
かずが変らない
人数がへらない
ともだちが減らない
夜のしあわせ

たくさんの殺せ

イラスト／鬼頭莫宏

発見してくれ 赤い血なのは そういう気持ちがあったから

めったにない土曜日の朝は、ひろがってくる海と戦う動物たちの背後で、人が長時間眠る、うるさいマッチをする音の連続が浜辺のところで響いていて、西、赤い、西、夕焼けまで続く

とうもろこしを刈り取るにはりめぐらされた罠を乗り越えろ、肌を出さず、防御を繰り返して、目より高いところに太陽はあるけれど、曇りになってほしい、見つからないようにしとしとと落ちてくる水が、雨だと名づけられてから空はなにも主張ができないで本当にかわいそうだ

死んだふり死んだふり、そうすれば労働をしなくていい、勉強をしなくていい、森の中で裸でいても別にいい。しんだって、損した気持ちにならずにすむよ。

たましいが乗らない、って、コピーペーストした肉体には、たましいが乗らないって、言うね。それが、本当かどうか確かめてみたいんだ。私が意外と私2号とかわらないこと。私が意外とコピーできること。それが明らかになるかもしれなかった。

私を無限にコピーして、私を、無限に増やしていって、使い捨てしようよ。無数の私を盾にして、弾にして、命知らずのヒーローになろう。私、とってもかわいそうなひとたちを助けたいの。とっても正義と言われたいのよ！

私はみんなのことが大好きです。

朝、食事がとれないだけで何人もが死んでしまえばいいのにとなぜ思うの。

たくさんの殺せ　を背負って山に登っていく人たち、朝焼けが来るのか、夕焼けが来るのかもまだわからないから、森は暗いね、と手をつないでいた。

私たちは友達で、助け合うことができている

しねばいいのに。どうしても眠たくって、朝からゆっくりと降りてくる、光の筋を指でつまむ。

私たちは友達で、助け合うことができていた

月と月

イラスト／皆川亮二

今日は太陽が崩れ去って、大量の月が放出されたよ。夜空にならぶ月と月と月のはざまからなんとか届いた遠くの星雲の姿を、目に焼き付けたくて馬車で空気がきれいなところを探していた。そのあと海へ行き、反射される月の姿を空と並べて見ていたんだ。それは歌になるべきだった、奏でられるべきだった、なぜ景色なのだろうと誰かはいい、なぜそれだけなのだろうと誰かはいい、なにもかもになればいいのだ、ぼくやあなたがいなくて、あれが生命になればいいんだと。そう思ったのはぼくだった。

世界は別に、それだけで十分だったんだ。

月と月と月と、あふれて悲しくもない、まったく悲しくないんだ、「いまなにがあったって悲しくない」人は口を風にゆれる花のようにいつまでも動かし続けた「いまなにがあっても悲しくはない」

「死んだって」「消えたって」

「きみが消えたって」

「家が海にしずんでも」「はじめから宇宙が嘘で」「みんなが」「生まれてもいなくたって」

月がたくさんだった、月がいっぱいあるだけだった。

200個の地球と部屋と静かで

イラスト／田辺ひとみ

ぼくらの部屋はUFOで、宇宙の外に避難ができた。感情や死や、物理学の届かないものはいつだって、宇宙の外でせせらいでいるはずだ。ね、地球は終わっても、どこかにまた地球はあるよとあの子たちは言う。

「200個はあるよ」

秋、きみの空の上に白い雲が泳ぎ、いくつかはちぎれ、いくつかはつながり、カーテンの隙間から、それらを奪い去って襲う、太陽風をまっていた。夜のなかで、人工灯をためこみ、水槽になったぼくの部屋が、ぶらりぶらりとゆれながら、空へと上がっていっている。それを、指先は知っていても、それ以上は血にのった思考が、心臓まで流れてこないんだ。こんな、死にかけの地球なんていらない。こんな死にかけの生命なんていらない。水槽はここちよく、そしてとろりとした光に、うずもり、朝にも昼にももう憧れていなかった。ぼくは、故郷を捨て、故郷に似た星を、探しに行くんだよ。（ばかだね。）ゆれて、それは鼓動のようで、ぼくはだれかとともにいる心地に、静かで、静かで切り抜いた部屋のなかでひとり浸っていた。

空が分裂する　200個の地球と部屋と静かで　Illustration by TANABE HITOMI

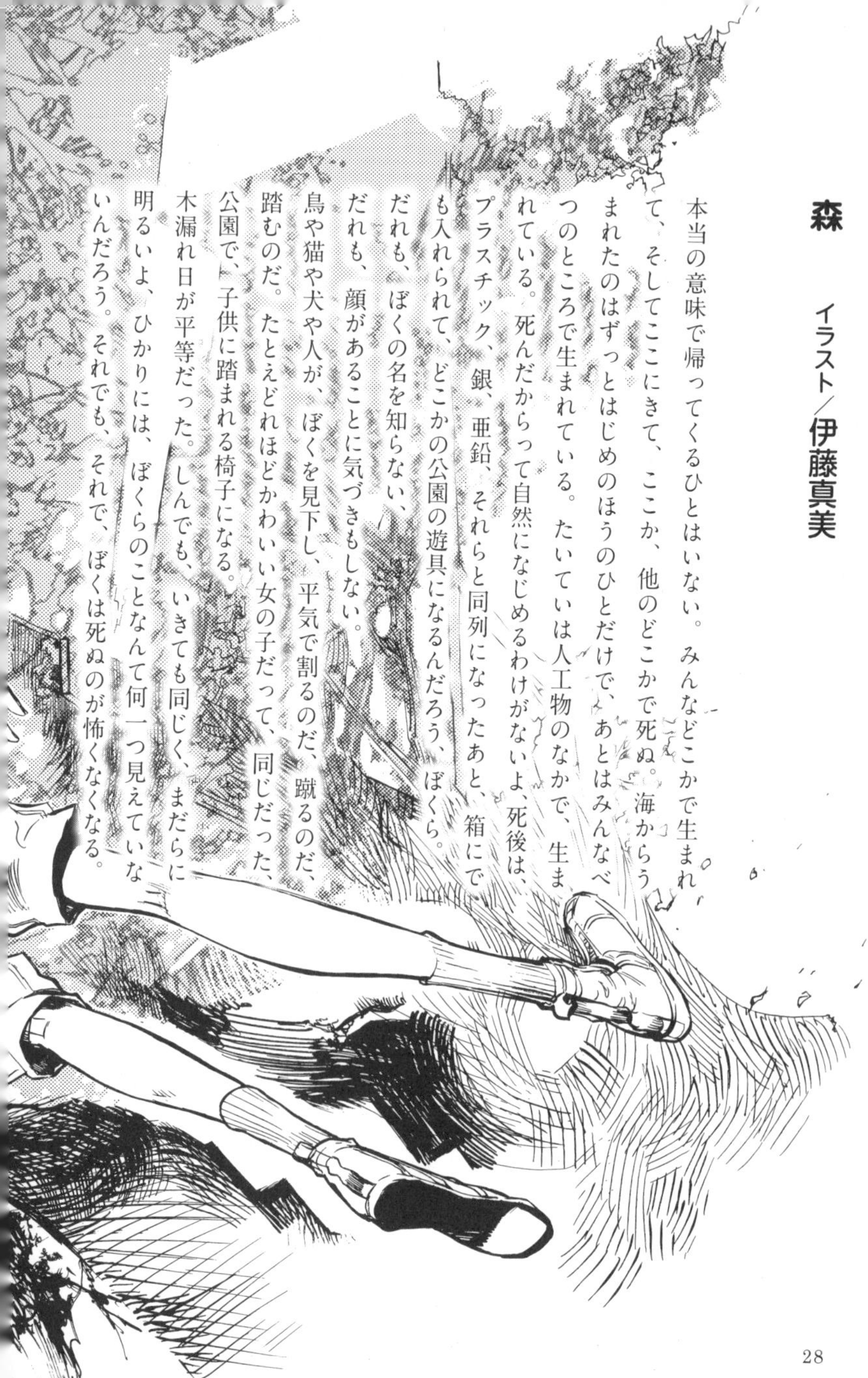

森

イラスト／伊藤真美

本当の意味で帰ってくるひとはいない。みんなどこかで生まれて、そしてここにきて、ここか、他のどこかで死ぬ。海からうまれたのはずっとはじめのほうのひとだけで、あとはみんなべつのところで生まれている。たいていは人工物のなかで、生まれている。死んだからって自然になじめるわけがないよ、死後は、プラスチック、銀、亜鉛、それらと同列になったあと、箱にでも入れられて、どこかの公園の遊具になるんだろう、ぼくら。

だれも、ぼくの名を知らない、
だれも、顔があることに気づきもしない。

鳥や猫や犬や人が、ぼくを見下し、平気で割るのだ、蹴るのだ、踏むのだ。たとえどれほどかわいい女の子だって、同じだった、公園で、子供に踏まれる椅子になる。

木漏れ日が平等だった。しんでも、いきても同じく、まだらに明るいよ、ひかりには、ぼくらのことなんて何一つ見えていないんだろう。それでも、それで、ぼくは死ぬのが怖くなくなる。

空が分裂する　森　Illustration by ITO MAMI

夜の死

イラスト／KYOTARO

雪が積もりつづければ星空に届くかもしれない、けれどそのころは人類滅亡してるね。かなしみの力で世界を救うためにだれよりもかなしみを求め続けていたら、きっと森の中で獣に戻ってしまう、足の裏についた植物やうさぎや昆虫の跡は、いつでも死の印象しかないんだ。命のありがたさを感じるためには、いつでも死が必要なんだね。肌が、雪と同化しそうなほどまっしろに青ざめたころ、太陽がみえなくなっていることに気づく。ともだちと、こいびとと、かぞくと、しりあいと、それから祖先ときみをきらっている人が、いつのまにか死んでいた。死なないのかもしれな

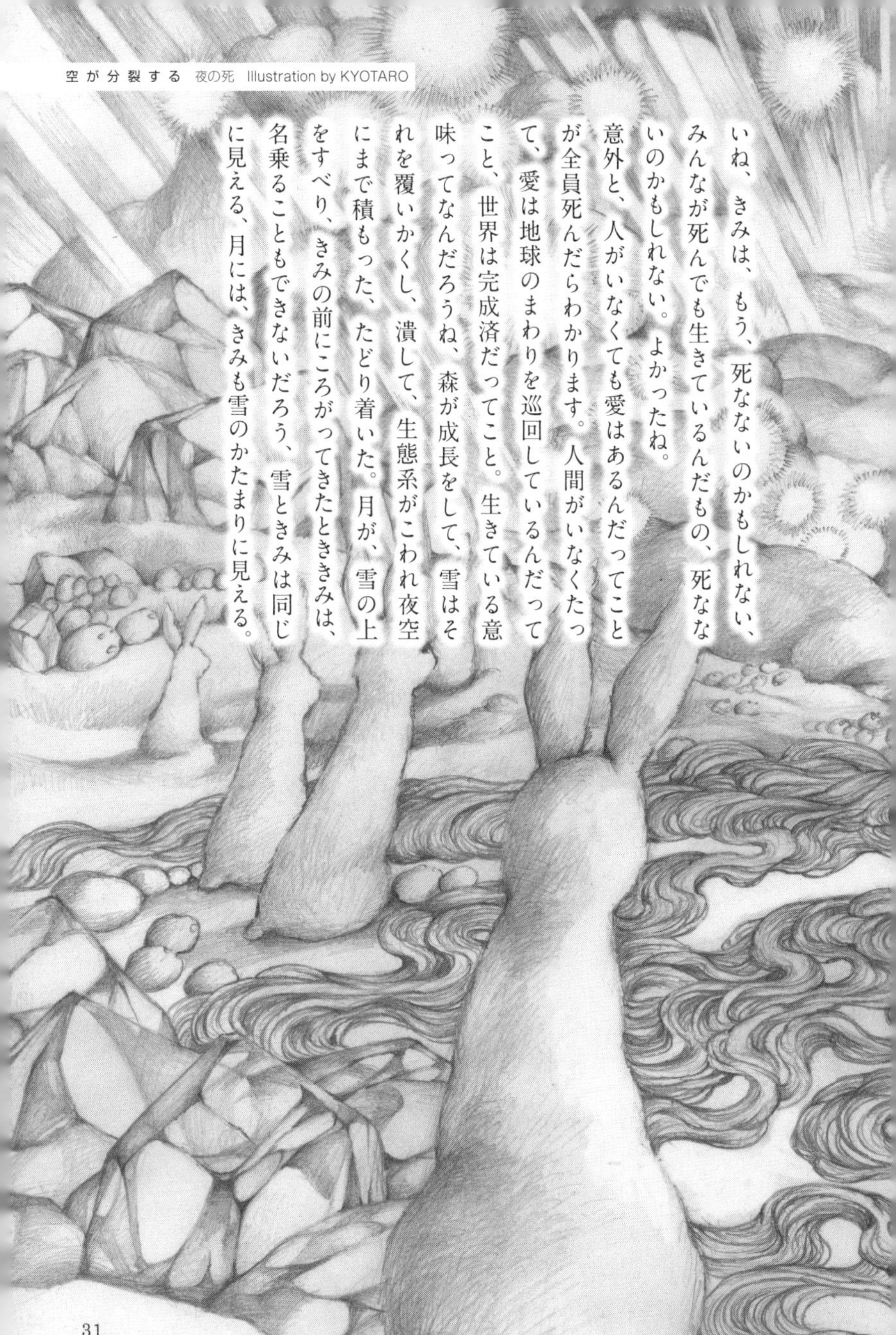

いね、きみは、もう、死なないのかもしれない、みんなが死んでも生きているんだもの、死なないのかもしれない。よかったね。

意外と、人がいなくても愛はあるんだってことが全員死んだらわかります。人間がいなくたって、愛は地球のまわりを巡回しているんだってこと、世界は完成済だってこと。生きている意味ってなんだろうね、森が成長をして、雪はそれを覆いかくし、潰して、生態系がこわれ夜空にまで積もった、たどり着いた。月が、雪の上をすべり、きみの前にころがってきたとききみは、名乗ることもできないだろう、雪ときみは同じに見える、月には、きみも雪のかたまりに見える。

12歳

イラスト／萩尾望都

夜に傷をつけたら、光が漏れてあたらしい星が出来る。それをくりかえしていた。きみは12歳、ぼくは12歳、長いこと生きたよ、もうそろそろしぬのかもしれない。やりたいことはほとんどやったし、やりそびれたのは、だれかをとてつもなく傷つけることぐらいで、それで、しかたがないから星をつくるために夜にロケットをとばすようになったのだ。

しにたくはない、ぜったいに。だってよくわからない、けれど、死神がきれいなドレスを着ていたり、すてきな足音であったり、たのしい歌を知っていたら別にしんだっていいよ。

どこでだってみんなしんでいるらしい　生きている人のほうが少数だって聞いたよ、それなのにみんな、まだ生まれてもいない未来の子供にだけ優しいんだ。あかちゃんよりずっと前の、あの子たちのためにコンクリートをこねくりまわしている、ぼくら、奴隷だったね。もう生まれちゃったから、もう終わってしまったんだ。うまれるまえがいちばん、愛されていた気がする。

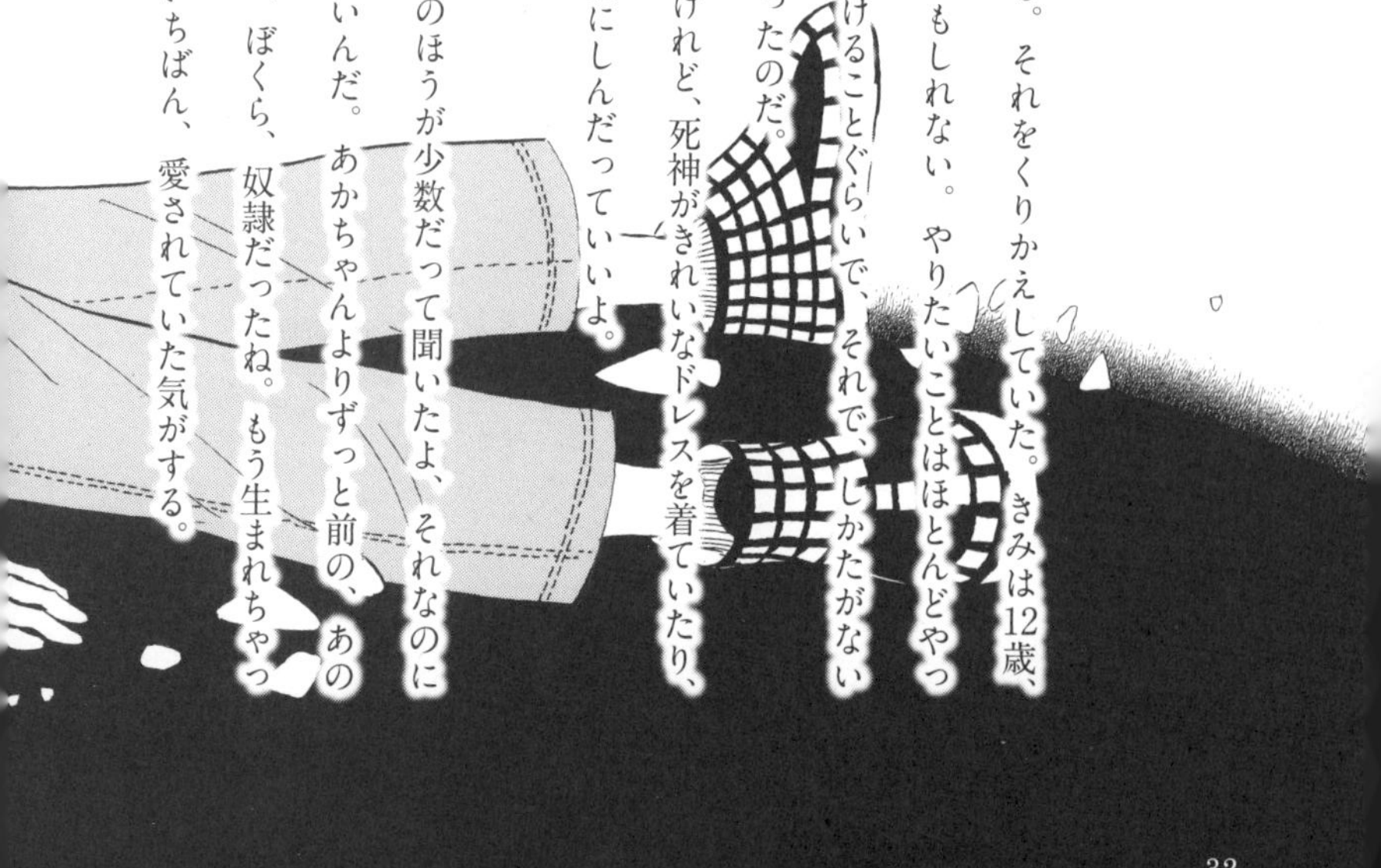

空が分裂する 12歳 Illustration by HAGIO MOTO

やあ！

イラスト／鈴木央

こんにちは　死なないんです　どうしてかな　わからないけれど死なないんです　死なないなーって気づいたらおなかがすかなくなっちゃった　好きな人がいなくなっちゃった　ねむることがなくなっちゃった　病気にならなくなっちゃった　ぜんぶ死ぬためのものだったのかな　わたしは不死身だから必要がなくなっちゃったのかな

移動するのもおっくうだ　遊園地行きたかったけれど　死なないのならば明日でもあさってでも200年後でもいいかなって　文明がほろんでしまったら生物が海からうまれて人間に進化して　文明がはじまり遊園地を発明するまで待てばいいかなって　思っている　それぐらいすぐだよ　どうやって宇宙ができたのかだけが気になる話題で　だから物理学者をめざそうかな

きみはひまそうだね　いつも食べて寝ているだけだ　あした死ぬかもしれないのに、手紙も絵も小説も音楽も作らないね　もしかしてきみも不死身なのかな　何にも残さないでいて平気なんだからきっと、そうなんだろうな　やあ、だったら友達になろうよ！　地球がこわれて割れたときのためにいっしょにロケット開発しようよ！

空が分裂する やあ! Illustration by SUZUKI NAKABA

16歳

イラスト／大槻香奈

たくさんの女の子たちが、何も食べてこなかったみたいに、プラスチックみたいな肌で、走っていた。学校の中で、それはSFの世界みたいな、学校で、見たこともない光のゆがみ方が、あちこちの壁や屋根で起きていた。

好き、という単語をだれかが言うと、それが反射していくみたいに、どんどん言うんだ、だれもかれもが。嫌いも同じ。好きと嫌いのどちらも言われなかった、言わなかった子は溶けて、壁や屋根の一部になって、光をゆがませて反射させて、勉強をする生徒たちの手元を照らしている。

それは愛だね。

すてきなことだよ、と話しかけた。彼女、好かれても嫌われてもいないけれど、それはすてきなことだ。もう屋根や壁になってしまったけれど、きれいなこと、美しいこと。だからすきだよって言っていいのかもしれない。うれしいんだろう、よろこんでくれるだろう、けれどそれはやはり嘘。

君のことも好きになれない。だれもが同じなんだ。16歳には1種類の人間しかいない。

この世界は光が満ちてきれいだけれど、わたしたちはその世界の、ねじでしかない。

空が分裂する 16歳 Illustration by OHTSUKI KANA

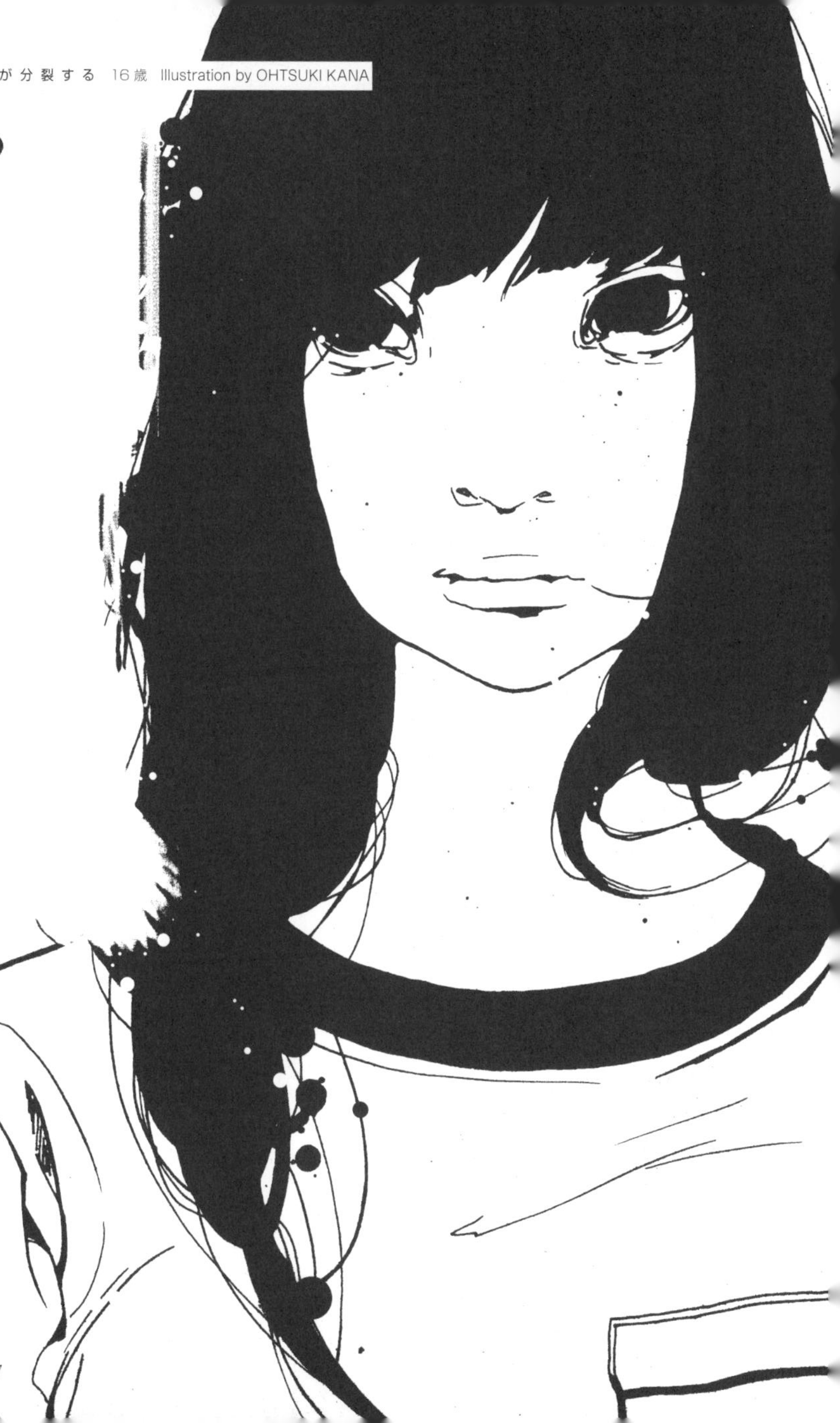

みじめな人たちのこころ

イラスト／片山若子

北極でぼくを待っている人がいるとして、ぼくはそんなところまで迎えに行けるだろうか。美人かもやさしいかも、すてきな曲を奏でるのかもわからないのに、そんなところまで歩いて行って、すきって言ってもらいに行って、しまうぐらいぼくは孤独なのだろうか。それはとても足の裏がつかれるから、いやだな。めんどうだ。そうしてそのひとは北の果てでひとりぼっちで、死ぬまで待ち続けることになるのだけれど、ぼくはかのじょを迎えに行くほど、みじめではない。孤独ではない。

愛はぼくをまっているらしい。そして世界を救うらしい。愛が必要でしょう、と問われて、さみしいでしょう、と問われて、ぼくは、そこまでみじめな人間になったおぼえはないとおもう。他人なんてただの、プラスチックと同義ですよ。だから別にと答えた。愛を愛をというひとは、硫酸とか投げてきたよ。

おまえ最低だな。

愛をたいせつにするひとは、あいをしらないひとに冷たいね、愛をたいせつにするひとは、あいを、しらないひとに冷たいね、あわれむ見下す罵るね、ぼくは悪かもしれない、かれらに殺されてやつざきにされても文句は言えないのかもしれない、そしてそんな愛にあふれた世界がみじめだっておもう、なんて乾燥しているんだろう、冬ですら雪が降って、にじむように潤っていくのに、それすらもない。ぼくはせめてかれらによっておこされた戦争や、憎しみによってながされた涙で、うるおえばいいね、とおもうのだ。このみじめな人たちの、こころ。

医学

イラスト／板橋しゅうほう

みんなというものがぼくにとって必要でない　みちばたにおちている用途の
分からないねじのようにね、ころがっているだけだ　それなのにあちこちに
ある　うるさい音を出す　ときにぼくをきりつけてくる　まわりをぐるぐる
とめぐっておどりだす　言っている言葉はたいていおなじでぼくがてをふり
はらうと　あわれみの言葉と満開の、シロツメグサを供えてくる　これはね
すてきな愛なんだよ　ということらしく　ぼくは　しね、っていう
わかってもらえないことは多い　あいつらは人体が炭素ではなく愛や絆ででてきていると勘違いしている　医学から勉強しなおせよ　そして　欠陥物だと
ぼくは思う　しっているかさみしいっていうのは　なにかが欠けているから
わきおこる感情なんだぜ　きみたちはうまれたときにママの、おなかに、忘れ物でもしたんだろう
こうげきされるほうがまだましだ　山奥に引越せばだれもおとずれはしない
むかえにくるからやっかいなんだ　という、この詩をよんでもきっとだれかは、「このひとは本当はさみしいんですよ」と読解するんだろう　バーカ

空が分裂する　医学　Illustration by ITAHASHI SYUHO

終末期

イラスト／志村貴子

本気で好きなのは命だ。命があれば、きみたちはばかだろうが、ぶきようだろうが、悪趣味だろうが、同じように平均的に区別なく愛そう。そう約束をしてくれたのが地球だろ。そう約束をされて、いやがったのが人類だろ。差別してくれよ、あいつなんかよりぼくはずっと優秀だって、あいつなんかよりずっとうたがうまいよって、そればかりを、叫んで、そのうち愛を得られない人と、得られる人ができたわけだ。ばかだね。

動物園を作ったのは嫉妬だよ。雪がとけ、花がさき、夜がじわりと大地にしみこんで、星がぼくの耳の高さまで降りてきてくれる予感があった。こんな日に最悪なことを考えると、むしろ実現してしまいそうだね。世界中からわたしの味方がいなくなったなら、わたしは子供を産むわ、それを味方にするの、そうあの人が言っていて、ぼくは、いままでで想像したことがないぐらい簡単に、銃器を手に入れていた。

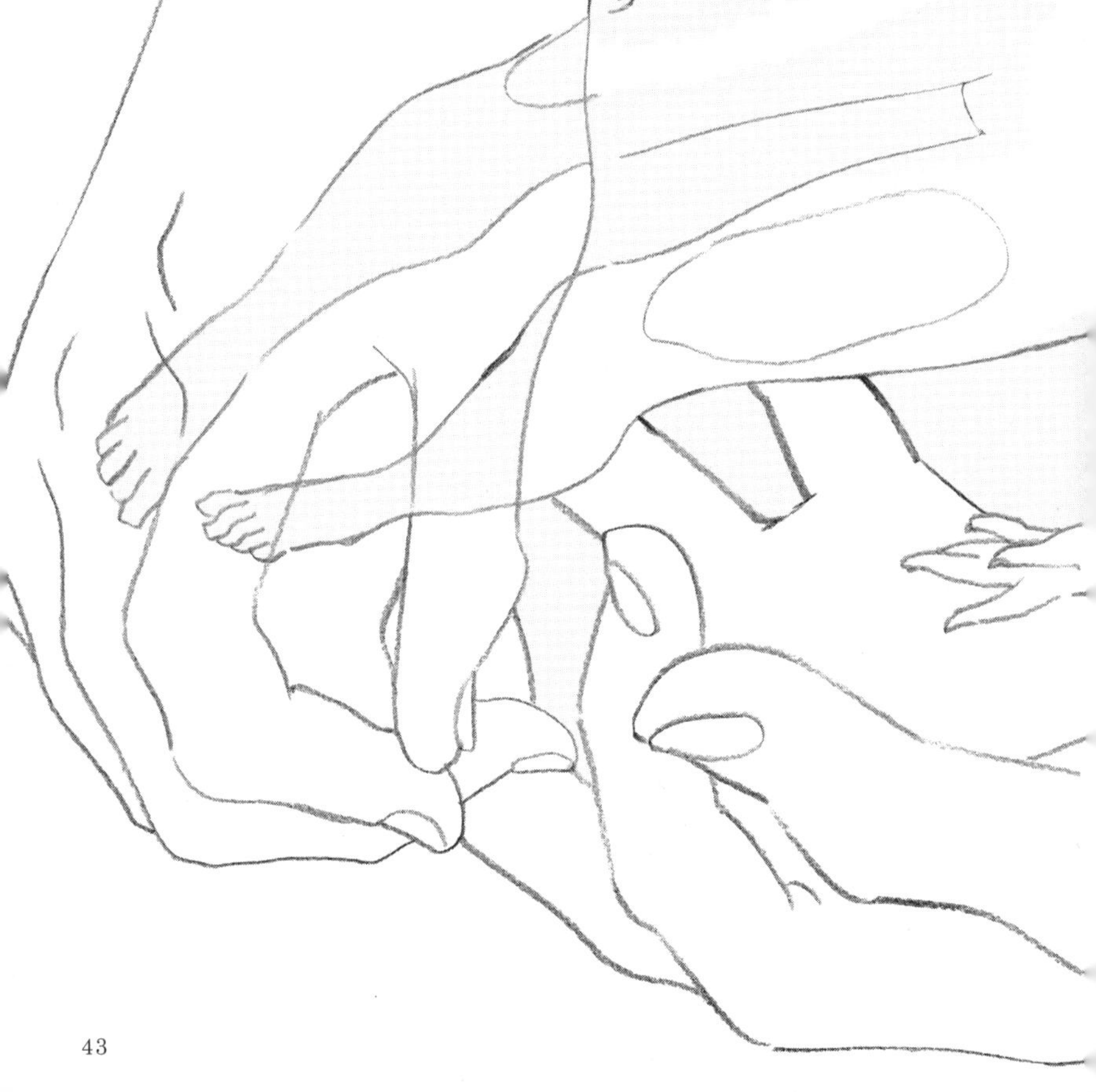

誕生日

イラスト／平沢下戸

誰かがしぬとお星様になったのよと、いう人がいて、だとすればこの満天の星空は墓場なんだろうか、世界一広い、あの黒い部分にみんな埋められているのだろうか。そう思うと息苦しい。

しんだひとはもう兆をこえて、京だってこえようとしているんだろうか。死体がぼくのからだの一部にだってなっているだろう。そうやってリサイクルされていけば、次第にくすんでいくことは確かで、だから純粋な原始人のことなんて知りたくない。死人の数がおおすぎて、生きているだけで孤立したような、気持ちになるんだ。いつまで、この世は墓場や歴史にしがみついていなくちゃいけないの

だろう。過去の死んだやつに殺されるだなんてどれぐらいばかばかしいことかわからないんだろうか。

どんなにきらいでもかれらは殺せない。もう、しんでいるんだから。

墓が存在しないほど、古い奴らをぼくらは姿形も名前も知らない。けれどやつらはぼくらを知っている。それがどういうことかわかるか。しぬまで、呪いばかりをかけられるんだ。

おめでとうさようなら

イラスト／西島大介

100年後だれもぼくをしらないせかい、ぼくが苦しみながら死んだ、ことをしらないせかい、ありがたみを知らない世界。ぼくが生きて必死で、生きて、そうして世界を捨てずに、次の世代にきちんと譲り渡したからこそ存在するはずの世界であるのに、ありがたみを知らない世界。そんな世界が未来にある。待っている。ぼくが死ぬのを。ぼくが最後の息をするのを。心臓が止まるのを。じっと待っている。何十億人もの未来人たちがじっと待っている

未来が来ることはぼくがしぬこと。きみがしぬこと。かわいいあのこがしぬこと。おいぼれること。それをすてきだという世界は呪いで、ぼくらは過去や歴史に服の裾をひっぱられて、じわじわと舞台からひきずりおろされ、それと同時に未来の輝かしい幕開けが始まるのだ。ぼくはそれでも、新しい命や、ちいさな子供、夢や科学や占いや音楽に、拍手をしなければいけないのだろうか。いや、くだものぐらいなら、与えてもいい。花束ぐらいならあげてもいい。それぐらいの祝福ならしてあげようと、種を砂漠に植えているけれど、それでは足りない、きみは冷たい、残酷だと、みんなが言うからやはり絶滅してしまえ。

小林系
イラストレーター。作品に『NoteBook』など。

市川春子
漫画家。作品に『虫と歌』『25時のバカンス』など。

萩尾望都
漫画家。作品に『トーマの心臓』『ポーの一族』など。

山本直樹
漫画家。作品に『BLUE』『レッド』など。

古屋兎丸
漫画家。作品に『ライチ☆光クラブ』『帝一の國』など。

ワカマツカオリ
イラストレーター。作品に『KAORI WAKAMATSU ART BOOK』など。

冬目景
漫画家。作品に『イエスタデイをうたって』『マホロミ』など。

宮尾和孝
イラストレーター。作品にGOING UNDER GROUND作品のジャケットなど。

鬼頭莫宏
漫画家。作品に『ぼくらの』『のりりん』など。

皆川亮二
漫画家。作品に『ARMS』『ADAMAS』など。

田辺ひとみ
イラストレーター。作品に『グッドモーニング』(著・最果タヒ)の装画など。

伊藤真美
漫画家。作品に『秘身譚』『ピルグリム・イェーガー』(原作・冲方丁)など。

KYOTARO
イラストレーター。作品にYAMP KOLT『yes』ジャケットなど。

鈴木央
漫画家。作品に『ライジングインパクト』『七つの大罪』など。

大槻香奈
イラストレーター。作品に『ラガド　煉獄の教室』(著・両角長彦)の装画など。

片山若子
イラストレーター。作品に『片山若子画集 渋皮栗』など。

板橋しゅうほう
漫画家。作品に『アイ・シティ』『セブンブリッジ』など。

志村貴子
漫画家。作品に『放浪息子』『ルート225』(原作・藤野千夜)など。

平沢下戸
イラストレーター。作品に『スーパーキッズ』(著・佐藤まどか)など。

西島大介
漫画家。作品に『世界の終わりの魔法使い』『すべてがちょっとずつ優しい世界』など。

第二部

花火、逝く

ひとのしせんを本気で信じないということは、赤い森の奥にある夕日を信じないでいるということ、きみは一度たりともこの家から出ずに、白い化粧の金閣寺を写真でみている。うつろいゆく壁の色が毎日最後は黒くなり、うめいた声がきこえるまま食事を終わらせる。マンションは冷たい。きらきらと光るグミがとてもおいしいけれど、グミはあたたまるととけてしまうから。そう言うね。通り過ぎた終電。

マッチをすったあと。その場に最後までいなければならないと思った。いつも怖くて手放したくなるけれど、その場にいなければ火事になると思った。犯人にされたら冷たい部屋に閉じ込められ、とおくでわたしは汚名を着て、空想の中でも死んでしまうだろうと思う。指が燃える寸前で手放すと地面の上で燃え尽きる。声が遠くできこえておどろき、そのまま、走り出す毎日が続く。

食事は、
冷たいもののほうがいい
あたたかい食道と
胃

噛んだことがわかる
飲んだことがわかる
食べたことがわかる
消費した
食べた
眠くなる
せいかつをした
いきるかつどうをして、それで眠くなれる

目の奥が凍るほど痛い、つらい手紙をありがとうと、書く。そのあと罵倒した。電気を消した後に見たテレビの光が、ずっと壁で震えていた。青く、ひえびえとして、手のひらが動くとそこだけあたたまったかのように黒く、にじんだ。ねずみ年、花火を持って出るとそとはさらに暗く、そして冷たい。火をつけて放った、回転しながら花火は、空を落下し地面にしずんだ。あかいあおいおれんじのしろいきいろ、光。

三次元、二次元、そうしてポッケ

5月25日です。
5の二乗です。

神様にとって容易であるのは物語だ。しかしぼくには物語が無い。雨が降ってぬれてしまった肩から、体温が翼を作って飛びたとうとする。背中はちぎれ、飛びたつ翼、それのみ。目からこぼれた雨のたくさんが、地面にしたしたと落ちる前になんども、ぼくの毛穴の呼吸を通過するだろう。ぼくにとって物語を描くというのは、どれほどの嘘を塗り固めても不可能だ。ケーキくんと呼ばれる生物がいて、彼がアリスにケーキをさしだしたいとき、みずからを差し出すために必要な右手と左手はもともとケーキの一部であるから存在し得ない。ケーキは地面に落下し、くずれ、クリームは雨に溶ける。ねじれた髪の毛をねじらせたままとめておきたかった。針と糸で服に縫い付けていくうちに、髪の奥の皮膚はひっぱられたまま、服の一部になっていく。

かなしいこと、うれしいことよろこびのこと、物語の先端にそえたそれを君に刺し、きみが血を吐きながらやっと成長を覚えるために、その先端を支える軸が必要だ。森に探しに行っても体を点検しても見当たりやしない。人は忘れる生き物だから、一本の物語さえ、自らの、それさえ忘れてしまっていく。目から零れ落ちたしとしとは、傷口の多くにぬりこまれ、傷は治っていった。そのうちぼくの体からあふれたたくさんの声、そして息の残り香が、ふわふわとただよいながらちぎれ、さまよっていった。世界のとおくにあるもっと白くかたまった雲の、上に誰かが住んでいるとしたら彼は神様で、けっして人を忘れることなく、ぼくへ向けた一瞬の一瞥さえも、当然のように宝箱に入れるのだろう。まるでその日は休日のようだった。張り裂けそうな気持ちで、見ていたのは午前からの、光あふれる空の向こう岸。手をつないで男女は恋を語り合いながら、さまよっている。ぼくには物語が無い。

「
ゆびがもげそうになる。もげてしまえば走り出す、踊りだす、歌いだす。口ははばたき空にえがく、煙を吐いてそこに、くもを。曇り空、雨雲、あらしおおあらし光の
光のかみなり
みてごらんあれが
君の知っている空だ。これからひらいて現れる、おおきな空中庭園に、たっている女の子は君の知らない空だろう、女の子はうたっているか、ないているか。みてごらんあれが
真実だ
」

きみをみている

キッチンブレイク

分裂しながら、おもうよ。わけあたえ、わけあたえしながら、ぶつかりながら、分子も原子もそれはそれで、あたれば痛いのだということを知った。きみの指は大きく、どこまでも果てしなく見えるよ。でもきみは死ぬことを考える。遠い遠い日のことを考えるんだ。生きることで息をしている。鳥はそれにこたえてさえずっている。朝だ。まだ暗いけれど、ここは朝だった。

ひとりよがりのマッチで、すりおろしていく火。おちていく火花のかけらが、ひやされ、途絶えるまでの間、ぼくらは永久の時間をそこに封じ込めていったようにさえおもう。たとえ、死ぬまでが何十年で、この火が光の速度のように一瞬、でよぎっていったとしても、ぼくらは、それを永遠に繰り返すことは出来なかった。窓から生えてきた雑草が、気をつけてやってるうちに花を咲かせ、なびいている。部屋に風があったなんて知らなかった。

電気を消して、影をもだえさせて、息をきけ、黒いところになげだされて、あ、ぼくは生まれたのだと知ったときに、できればはじめての味覚は、甘みであればいいなあと、はじめての聴覚は、愛であればいいなあと、触覚はぬくもりであればと。そのとおりになった。

生きているか、そこの、指先。端のほうで、電気がはしって痛い。月は回転して、ここも回転して、時間だけがまっすぐ伸び上がったまま、けれど、もしかしたら果てしない巨大な円環かもしれないね、と
振り返れば、一人、ぽかんと、
あいた暗闇。まだ朝ではなかったのかな、もう一度寝る。

デリカシー

あの子本当はいい子なんです。
確かに聞き分けは悪いけれど、でも本当は生命体を愛していて、だからなんにも口にしないんですよ。あなたが与えたものはなんだって、生命体のものだもの。あの子はとにかくそういうものがきらい。だから大地から生えてきたっていうビルっていうものしかしんじないんです。本当。いい子なんです。

デリカシーがないといわれてしまった。ドアをあけてしめるとまた向こうにドアがあった。ドアの向こうにまた今度は窓があって、あけて出たら外だった。落ちていくうちにいったいビルに何があったのだろうとおもう。ドアがふたつと窓。窓。

足のあるうちに立つことを覚えなさい。こわれたあとは浮かんでいなさい。眠りながらの浮遊はどうしてこんなにもあぶなっかしいのか。頭が傷だらけになりながら、それでも眠りの間だけは涙ひとつ流さず、強い子だったよい子だった。頭は傷だらけ。

走り高跳び。とおくに伸びていく足の片方、音も無くおちていく片方、助けたい、助けてあげたい、目の端でみているきみの水平線には、まるいところにひとつだけくぼみがあって、そこにいつか自分が埋めてもらえるのだろうと、すごく喜ぶ。

飛べ、そしてごらん、西の端の夕日。

すっとおちて、くぼみを撫でて散っていく。


本当に時代はまた回ってくるのですか。また(だれかが会えるのでしょうか、ぼくらに。ここにいたであろう生き物達に、今度こそは会えるのでしょうか。(セーラー服の時代もまたいいと思います。)祖先がぼくらの先にいる、生命の先端といつか手をつなぎ円を作るのならば、ぼくは精一杯明日を生きます。

ここにいる子

食われたらおしまいだとさけんで
目が覚めたら、その日はなにもたべられなくて、ないてしまった。
消しては書く鉛筆の先端がひりひりと痛い。体中のあざがいまさらまた浮き上がって、全身くまなく、ぶっていたこと、ぶたれていたことを知る。そして運ばれてきたきみの乳粥をのみほして、ひっこんだあざを悪夢として、悪い夢として、悪い夢を見たんだと話す。

小さい目。小さい口。小さい鼻。小さい存在。丸い地球。回る地球。回っている関係。じりじりと焼けてまるで、昼間の人は食膳に乗る前の、ぶたみたいだね。せっかくの金曜日。おしゃれ。花を一輪買って、それはかならず植木。へやにおいて、水をやって、あした森に植えに行きます。


人には会わないでいられるのに蝿にはいやでも会うのはなんで。

せみのこえはぶざまにもよく聞こえ、いやでもきこえるはずの女子中学生の声は、夏休み。

朝だ。と鳥はわたしに思い知らせる。くるっています。まだ朝日もきていないのに。朝だ、なんて。

手触りは丸かった。そのうちそれも削れて、またいらになった。とおもった。私は小さく縮んで丸みさえわからなくなっていた。印をつけた場所に一周して戻ってくるのに時間がかかるようになった。先年は飲み干すことさえできそうだったのに。手のひらを転がっていた地球はいつのまにかわたしの足の下でわたしさえ道連れにしてぶざま、回っていましたよ。

せみのこえがぶざま。ああ夏っていうんですかこれ。

アンチヒューマン

まっしろいけどこれはかさぶた。かさぶた。やぶってうまれてまたヤブテうまれて、体を、やぶてうまれてまいりましたわたしは、いくつものかさぶたを、けやぶりまた新たなかさぶた、それがわたしのいまの体。いつのまにか奥に奥においてきてしまったやわらかいわたしの生まれ故郷の肌はふかふかとしたまま、日からも人からも守られて、いまでもつくつくつくつく心臓をならしています。
電子電子電子まわれ宇宙のはしっこ。きみは死すとも世界は死なず
、あすは花火をあげ空をかがやかせワタアメにうずまりそのまま溶けていく。どうあがいても愛し合えない菓子と子供の感情は、ゆっくりととけて川まで流れ出しそのうち銀河のいちぶぶんにまで到達してしまうだろう。地平線を知らないひとびとはどこへいっても同じだと感じる。足の裏をわすれたときにやっと、宇宙へ行く勇気が出るのは
きみだけじゃない。

赤いくぼみ、溜まっていた水、むらさきの空がうつっていた。突然みどりの枝葉が生えてきて、伸び上がっていった、水は吸い干されて、赤いくぼみが口を開けたまま、枝葉を吐き出していた

電気をきり。ッ。それをうみにつけてとおくまでみてごらん。魚がはねて、いかが輝き白波がおどって空までのぼりゆく。白い杖となったその跡をきみは肌に当てて傷跡とした

なでることはしたくないけど
見せたいなら
見せておけばいいよ

そうして、
じじじ
うみの声。
　底で　すこしずつ　焼け　焦げ　死んでいっている
ねむりながらこすったまぶたがいつのまにか炎症を起こして毎日静かにゆげがたつ。顔からの白い煙
柱にしずかな息の音だけがさえずり、鳥、あ、
このビル街もぼくの力でならもう一度森に戻せるかもしれない。

(白い森、白い肌の森、息をするだけの鳥、目の中に黒い盲点。赤い血がめぐる森、黒い髪がただよう森、白い森。まるで白い雪の冬の森、夏の暖かい中に静かにゆれた森。うらぎりかなしみとか、静かなものだけがつもっていく、あたたかいままの、早死にの森。

きみの森、目の森。見詰め合う瞬間、必死でかきわけて外に出ようとしたあの森。きみは左手を左へ、右手を右へ、かきわけ、森は血を流し、森は血を流し、治る。)

森のどまんなか、真っ赤なそれ、つくつく鳴りながら、きみのことを永遠にうらまない。

静かな森、ひとつだけの音。

南へ

主犯はボアダムスだった。ぼくの脳はどこかに輸送され、ペンキをぬりかえられたらしいがみることもかなわないまま元に戻された。ヘッドフォンは働くことをやめない。とてもいい気分で光の中にいるのだと思う。いっこにこさんことフルーツを数える仕事をしているんだな、今ぼくは。何が起きてももう生きていける気がしているよ、電気がきえても、火がうしなわれても、きみとよびかけるだいさんしゃがいなくなっても。だから上司、ぼくの悩みはただ氷河期の到来だ。凍るとつらいさ、マンモスみたいに何百万億兆ねん保存され飾られるのはとてもつらいだろう。南国で死のう。だから、南国で死のうと思っている。フルーツが転がっていく果てでちいさい子とちいさい子がキスをしている。あしたになったらきっと忘れているんだ、きみたちは、このことを。ぼくは唯一の証人に、なった、春のこもれび、みえる？あおぞらに満天の星、聖なるかなではじまる賛美歌が幻聴できこえる、きみたちはいつか恋をするだろう、そのとき今のそのキスを忘れたふりして、口づけに赤面するんだろう、だからぼくは南国に行く、覚悟ができているんだよ！

こうふくを約束しよう！

祝福をやくそくしよう！

あいだ！愛だよ！

中身が見えない袋が破けてたくさんのフルーツをまきちらしながらぼくは転がりおちて南へと走

り出した　ヘッドフォンがちぎれて聞こえるのは賛美歌だけだ　光でつぶされ　見えるものもな
にも　ない
聖なるぼく　聖なるぼく　愛だよ　それがすべての愛なんだよ
これは喜劇かな　そうだといいなあ！

♪うたうだっていて逮捕される人

うたうたっていて逮捕される人がいたら、あって同情したい、れんびん、うそみたいにきれいなのに、春なのに、ひざしに裏切られて本当にかわいそう。世界をうらんではいけないよ、世間をうらんではいけないよ、大丈夫、たくさんのキティちゃんたくさんのりらっくま、たくさんのスヌーピーがこの世にはいる、この世はだからとてもかわいくて、うらんでしまってはかわいそうだ。噴水がたくさん水滴をつぶして、素粒子に変える、たくさんの素粒子が日光をはんしゃさせて、目にちかちか残像をみせる公園で、あなただけがひざしに裏切られて本当にきのどく。かみさまを恨んではいけないよ、天使をうらんではいけないよ、大丈夫、雲間からひかりがおちてくると梯子みたいに見えるんだ、じっさいそれを梯子と何百年もひゆしているんだ人類は、だから神話はとてもロマンチックで、うらんでしまってはかわいそうだ。

もっとおいしいものを食べたらやさしくなれるかな、もっといい人と出会って、悪い人のことを排除して、そしたらやさしくなれるかな。物語にはなぜ人がでてきて空間が出てきて時間が出てくるの？　明日から今日以前をわすれて生活したら、やさしくなれるだろうかと、知っている人のこと忘れてしまえたらやさしくなれるだろうかと、星がたくさんあることに感動するのをやめたら、もっとやさしくなれるかと。

本当は人が大好き！

世界が大好き！
でも世界ってなんだろう？　とりあえず広い？
とりあえずぐわーっと広い？
ぐわーっと広いから大好きって、ことにすればいいのかな
そう！
独裁者みたいに！

夜は月

夜はふたつある、
連星系をつくって、交互にあらわれては消える、
食事をしながら
「それはことばにすればうつくしいけれど大虐殺」といのちを頂く。
キライだ！！！！！　そんな感情が欲しい。見えないところで泉が枯れて、クレーターになった。すこしずつ月に近づく地球の上で、プチトマトをいっしょうけんめい懸命に、育てている弟や妹や子供や、そういった年下のひとたちをぼくは愛すべきだ、かれらをまずは愛していこう、学んでしまえ覚えてしまえ、かわいらしさはあさつゆを雨と思う、トマトよりもまさっているると。
信じられない背中の上で　ゆれながらたくさんの天を見た。ねつがさめないとおどろかれて、これはしぬんじゃないかと思わせて、ゆらゆらと運ばれていっていた。降ったことのないような雨は、つまりぼくをとかしていって、つるつるのせなかをすべり、ろばたへと落ちていく。どぶと溝と川で、分裂していったわずかなぼくが八方へとすべての液体へと流れていくあいだ、ぼくは複眼になったんだと思う。虫だ、虫になった。見えた光景には一度に六〇億もの顔、すべての顔が同時に泣いたり笑ったりするのを、ぼくは同時に見てしまっていた。けれどなにも

ない。なにも日記に書くことがない。ぼくはだくだくと海に流れて、血液というものは太陽からめぐってきているんだと、晴れの日の正午に思っていた。

移住者

だれも来ない街だから、だれもでていっちゃだめなんだよ、

この世でもっとも好きなのは、きみのいない世界、すべてからきみだけが抜けて、なくなった世界で、よかったね、きみは銀河系から出られた、ということにして、きみだけをのけ者にした世界、あるんだよ、知らないの、そこに生まれなくて良かったね

かわいいなあって言っていたんだけど部屋にかわいいものなんてひとつもなかった　森に住もうよ、カラスなんて呼ばないから、伝書鳩だってあやつるから、バラを育てるのがじょうずなお嬢さんを、隣人にしよう　もう　ビルを振ったってなにも出てきやしないよ
しりとりがくだらなくて
くだらなくて
遊ぶことがなくなって
眠っていた時間を計上して
死んでいるのとかわらない！　と、叫んだ
あいつ

ばかじゃないのか

世の中はそれを狂気と呼びます、けれど私は青春と名付けてやりたいのです、「ボランティアじゃないよ」、西の世界はすべてもえているとき、焦げてはがれた青空の奥から現れたまっくろ、星と月は私が食べました、救いようのない黒に、きみたちは眠ることを選択して、ほら、それが間違いだった

恥ずべき姿で幸せだから手を叩いている姿を鏡にうつして、
だれかが、今日もなんにもなかったと言う
地表が全部つながっているってうそだ
戦争なんて目に見えないし
投身自殺も知らぬ間に起きる
知らぬ間

赤い糸で人がつながっているんだと信じていた頃、
絡まるのがいやで空に浮いていたかった

ミッドナイト夜

夜は海だから、あかるくしても部屋にぽつぽつと海水がおちて、ぼくを塗っていた絵の具を洗い流してしまうだろう。ぼくはもとは透明だった。絵の具が洗い落とされ、海の底で、やっとみつけた洞窟で、透明に戻ってしまった。もうぼくはこの部屋の主でもないし、名前を失い、この街のこどもでもない。ただ透明のいのちとして、いるんだ。一秒後、うしなわれているかもしれないいのちとして。

たくさんしぬ、うまれたとたん。うまれてから数秒後にもたくさんしぬ。ぼくはしぬかもしれない一秒を、またすすんで、ただチカチカとする点滅が、透明な体の中にはいりこんでいくこと、あかりが、月が、入り込んで抜け出していくことを、屋根たちをめぐり、はだしで走りながら楽しんでいた。いきると、野良猫の気持ちがわかる。いきると、ありの気持ちがわかる。いきると、明日きっとしぬひとのきもちがわかる。ぼくもしぬひとかもしれない、すぐさきで。

ぱーん

花火ってきれいだけれど、あんなきれいじゃないよ、ぼくらは。しぬかもしれないから、ぼくらは透明でいられる。不死身こわいね。しぬことをやめたら、ぼくらになにがのこるのか。だからしぬの？　いつかしぬの、月は満月、金星がもうすぐくる、火星、木星、土星、よそ

らからもぎとって、透明の中にたくわえ、ぼくは透明、じぶんのなまえをしらない、どこの
だれかもしらない、なんにもなーい「わーい」

ロンリネスロンドンルララ

明日が来るたびに、蛍光灯のなかで血小板や、赤血球や白血球がめぐって、しかたなく灯りがともるのだ、ぼくの部屋は分離されて、天井にすでに太陽があるよ。よろこびは毛布に、彩りは洋服に、60億の人口は本の中に。すてきなんだ、素数がちらばっていて、それをひろいあげていたら、時間はすぎていってくれた。

機械は宇宙の果てから帰ってきた。帰ってくるまで、ぼくはかれがまるでたったひとりの家族のようで、長旅に疲れ果てたかれのためにオムレツを焼いてやってもいい心地でいた。かれが大気圏を突き破り燃えていたとき、空は昼のように明るく、火のそばでだけれど夜が滲んで、ふしぎな昼と夜の境界線上にいるきもちでいた。流星のようにいくつかが夜空をひっかいて、白い線がうきあがり、ぼくはやっぱり機械だと思った。どうせ機械で、そうでしかなく、ぼくの家族にはふさわしくない。オムレツが焦げて、フライパンの一部になった。そのときぼくはあれは機械だなとつぶやき、くるくると足元にある地球に天体だな、とつぶやき、高鳴る胸に内臓だな、とつぶやき、ぼく自身にひとりだとつぶやいた。夜が、ひたいからゆっくりと滲んで、落ちてきていた。

天国と、とてつもない暇

夜が終わった、昼も終わった、太陽が月が、終わった、時間が終わった、それから星が終わる、懐かしいにおいが終わり、歌が終わり、色彩が終わり、光だけが残り、だから見ることは終わらなかった、終わらないまま隕石と、氷河期と、生命のこおりづけを直視し、このまま溶けなければ、だれも生まれなければ、ぼくらは氷の中で永遠に残り続けることができるだろうと、命の滅びを願っていた。

明るい日だ。水だった氷の中で光が波打っている。

ぼくらは深海魚なんだよ、と話をした。ぼくらは夢なんだよ。ぼくらはロボットで、ぼくらは天への梯子なんだよ。だれもいない、ことはない、だれもがいる、はずなのに、だれもが、こおりづけで死んでしまっていた。ぼくらはだから永遠に死をおびえることはない。すてきな話はとまることなく、物語はいつかぼくらのかわりに時間をすすめている。氷の中はなにも不自由じゃなかった。ただ、あたらしい生命が誕生すること、ぼくらが消え去り、かんけいのない命が生まれることがひたすらに恐ろしい。

月の心臓

ねむいなあ……。ぼくの心臓が月だったんじゃないかと、思うほどに夜と同期していたよ。体の底でくるくると自転するこころは、だけど暗い体内におちていたから、ちっとも輝いていなかった。どこにも太陽がないんだ。ただの石になってしまった。

青い夏が頭上をかすり、目をひらいているあいだ、いつまでも海が町を沈め、だれもがおぼれて死んでいたから、ぼくはだまってベッドにころがり目を閉じるしかない。ねむるしかなかった。すべての人が自由になりますように。海から逃れますように。そうしてぼくはよくよく眠れますように。海の底にあるあいだは、町は燃えない。火をつけても、燃えなかったんだ。

ふいに海が流星につられて地底へと落ちていった。さばくのようになった街に、ぼくは太陽がほしかったんだと告げた。街に、火をつけたのはきっとぼくだ。真っ赤にもえはじめた西と東と北と南が、ぼくに向かって迫っていて、いつか方角が消える、ぼくが消える、火に埋め尽くされ、この星は、火星のように赤くて太陽のように明るく、ぼくの心臓を照らす、ぼくの心臓は、月だよ。

リトルリトル

小さなころ自分より年下だったり同い年だったり、とにかくすべての人が大人びて見えていて、だれかと接するたびに恥をかくようなきもちだった。なにもできないうまれたての子供だって、自分より大人びて見えて、自分を軽蔑しきっているように思えた。天使が、うまれるまえのひとならばかれらに会いたかったし、でももうかれらには会えない。恥じらいがわかるぼくに無垢さはないし、それはただ、稚拙なんだ、見えていたんだ。どれもこれもぼくには不相応で、美しさもぼくには理解が出来ていない、やさしさやいとしさや、にくさやおろかさが、ぼくには理解できていない。

世界は別にあってもなくてもいいと、おもっているぼくは、うまれてくるまえとなんら変わらない。

悪魔でもいい天使でもいい、とにかく、世界を必要としたい、盲目にすべてがあるべきだとおもいたい。このまま物語の主人公になってしまったら、戸惑わず、悩まず、世界を終わらせるだろう、きまぐれに世界を復活させ、また終わらせ、そのオン・オフで、打楽器の楽譜を書くだろう、終わらす、復活、終わらす、休符、休符、復活。ドン、ドン、ジャーン。歌もいつかつけるよ、約束する。森に行って発表会をして、はじめの一音でみんなしぬ。

死後

わたしの理想の生活は、北国にものすごく強い家を建てて、冬はそのなかでただひたすら絵をかき、春がやってきた日に外に出て、まだ冷たい上空の、透明な空気を通過しておりてきた新鮮な日光のなかで、あたらしいカーテンを買いに町へ出ること。西からとおりすぎた馬車と、東から落ちてきた太陽のひかりと、風が、目の前で交差する日、わたしはやっと視力がおちたことを知る。めがねをはずし、泉のところへいくと、しばらくその底にレンズをあずけて、ふらふらとカーテンを求めに市街へもどるのだ。ゆるやかな坂道の下でからからと水車が回り、地底からなにかを運んでいた。それらが太陽よりもまぶしくて、もしも落ちていけるなら幸せになれるだろうかと思う。

死など知らない。急にひびわれて、あのとげのような山が、崩れ落ちる日など来ない。春がそらから注いで、すべてをあらいながすことなどない。君は死なない、わたしは死なない。またあらたなカーテンを、買いに行き、きみはそれを売り、わたしと会う。死なない人に、せわしなく会う必要はなく、せわしなく、語る必要もなく、いつもきみはわたしの名を知らず、わたしもきみの名を知らなかった。

「世界があるから、その人に会えなくても、その人がいないということにはならない」

きみはそう言ったね。

冬の星の木の実

I

蛍光塗料が点々とだけつけられた、裸電球が糸にたくさんつるされて、道沿いに並んでいました。黄色やピンクの丸い水玉が、走る車のボンネットに一瞬だけひかり、ひやり、冬でした、それでぼくが思うことには「ねえ、あれって電球はとてもかわいらしく見えるけれど、光そのものは都会じみて、世俗的で、とっても健康に悪いおかしの添加物みたい！」ということです。でもそれはきっと車が金属だったから。そんなこともわかっていました。できれば誰も責めたくないのです。電球だって塗料だって車だって速度だって、なにもかもがいい子たちだから、誰も責めたくないのです。
となりも、この家も、庭から白熊が立ち去って、どこか遠くに隠れた後、降って来たのは雪だった、
白い雪は積もり続けて、その、
深いところに、
落ちてきた、かのように、
赤い点が星座のように並んでいた、それは柊だったのか、ツツジだったのか、ウサギだったのか、掘り起こすまではわからない。

「それってひとつの事件じゃないだろうか」

と、かれはすぐにホームズと名前を変えたので、街にはじめての探偵職ができた。ぼくはみどりいろのコートを着て、秘書の仕事に参加するため道なき雪上を走っている。探偵には秘書が必要なのだよ、ワトソンくん、とホームズは言うし、僕はそれを信じるしかなくて、あの三角形の屋根裏部屋の窓がひときわ輝いている、それを目指して走るしかないのだ。コートには布で出来た金色の大きなボタンがついていて、それのなかに豆電球の蛍光色が、ツラン、ツランと、走っては消えた。

「やっと探偵が必要になった、私はそれを待っていたんだ、この帽子やコートは探偵になったときに身につけるのだと、昨晩あの映画を見たときから決めていた」

「あの映画は怪獣がいっぱい出ていたね」

「でも、この問題に関しては、本当は答えが見つからないほうがいいんだよ、柊だろうと、ツツジだろうとウサギだろうと、それはわからなくたっていいことなんだよ」

依頼は家の形をしたコースターに書かれていた。

「でも、うさぎだったらかわいそうだ」僕は言った。

「シュレディンガーの猫みたいさ。掘り起こすまではウサギかもしれないし柊かもしれないしツツジかもしれない、それは三つがどれもこの雪の下に隠れているってことに等しくってだからすごくうれしい、すごくうれしいんだよ、だから、いいと思うんだ……私は」

「だって！　うさぎだったらかわいそうだよ！」

「でもこの白い雪だって、白熊かもしれないじゃないか」

白い雪のなかに白熊たちが埋まっていたら……そうだったらとてもかわいそうだ。

そうだろうか？

白い雪で町はうまっていた。町はかわいそうじゃなかった。ぼくたちはレンガをつみかさねてその下で、ミルクを温めていた。ミルクも、かわいそうじゃなかった。読まずに積みあがっている海外の事典や、丸い断面が素敵な薪も、かわいそうじゃない。雪はなによりもきれいだ、白いからか。ぼくは輝いている白い服が着たくって、糸を買いに走った日もある。陽にやけて赤くなった肌や、食事をとらずに青白くなった肌もすべて白は好きだといってくれるから。ああすべての色の光はすべて白い光のこどもたちだって、豆電球が言っていたね。「だれもかわいそうじゃないよ」探偵はビーズの入った小瓶を、屋根裏部屋の窓から、ベルを鳴らすように振りおろした、目の前にまで近づいた、白い雪の上に点々と、落ちていき、あ、星座が、生まれて、いた。積もっていった。

Ⅱ

星座ぐらいの美しさなら、わずかなビーズを買ってきて、黒い紙にまけばいいんだよ、種をまいて水をやって、太陽を待たなければならない花壇つくりよりずっとずっとたのしいよ。そんなことも出来ない人が、夜空に憧れるのかなあと思う。ときどき誰かがビーズをまきすぎて、過分が空に流れていくけれど、あれは結晶のきらめきが、魂のように尊いものと勘違いされてしまったのではないかしら。うさぎは言いました。「上のほうから小さく降りてきたきみは、星のおうじさまでしたか？」柊は答えます。「いいえ、単なる星座なんです、ぼくは、たくさんの人の魂が星になりすぎて、空が息苦しくなってしまった、満員電車のようにかがやく星たちがつまっていて、たった一人になりたいと思うことが、多く、でも、それはとてもさみしいことだってわかっていて、だから降りてきたんです、そうすればきっと一人にもならないし、苦しくもならないから」

ツツジ「あなたに郷愁はないの？」

柊は嘘をつきました。柊はいつだってヒイラギで、星ではなかったのですから、星座であるわけがないのです。「けれどときにぼくは見るんだ、視界の端で流出する仲間の数粒が、白い雪をゆるゆるとのぼりつめて転がるように夜の闇空を遊泳する、そのうちぴたりと立ち止まり、ぴかりと光るようになると、もう天文学のゆるやかな軌道だけを、たどるようになってしまうのだ。それは永遠になるということだろうか、かれらはぼくらを見下ろして誇らしい気持ちになるのだろうか、それともやはり星たちの、多すぎるきらめきに息が苦しく、涙をながして、せきこみながら、吸うのか吐くのか、わからなくて、ただ名前を呼び、将来のなりたいものについてや、いますぐに叶えたい願いを、ラ、ラ、ラ、と口ずさみ苦しみを紛らわそうとするような、そんな日々なのだろうか、そうであればまた流れ星のように、するんと黒い液体の中から飛び出して、するりとおうじさまのように白い雪の上へと舞い降りてくるのではないだろうか。そうして戻ってくるのだ。雪の中では、どこになにがあるのかも、白く埋め尽くされて見えないのだから。光は透明だという人もいるけれど、本当はなによりも白く、それでくらやみを埋め尽くしているのだった。あふれ出して、結果ここは雪山になる、となりのうさぎやツツジのさらにむこうに、どんなきらめくものたちが転がっているのかも知る由はないよ。声が届く範囲だけが醒めるようにはっきりと見えているのだった。それはさみしくも息苦しくもない。そうして話すのだ、夜空では人の魂が星になりすぎて、それは十分に都市であったよ、電鉄が走り、ロボットが迎えに来ていた、愛する人や愛せない人はすぐに見つかり多すぎるほどたくさん見つかり、手のひらを手のひらを、触れさせながら離れ、また触れさせ、満たされたのかもわからずただ誰からも隠れたいのだという日が、星座がきりかわるより短い周期で訪れる。目を開ければ何百人もの星が見えた。ああぼくはどこにもいなくたっていいのではないかと、思えてしまうのだと」

夏襲来

ポニーテールを追いかけていたら、学校だった。私はセーラー服を着ていて、夏だった。さっきまで冬だったのにね。しかも雨が降っていて、右手で傘をさしていた。向こう側にいるのがだれかわからないけれど、とにかく、海みたいに、空気は湿っていて、私たちはちゃんと息ができているのかすらわからない、話すことでしか息ができないんだって、本を読んだり、ひとりで、なにかを作っていては死んでしまうんだって、それだけが明らかだった。青春はすべてだからと、人生のすべてだからと、大人たちに教え込まれ、無意味に語り合うことを崇拝していた。

大人たちは、どうして自殺をまだしていないのだろう。

青春が終わればすべてが終わると教えてくれたかれらは、どうしてまだ死んでいないのだろう、なぜ、諦めないのだろう。若さはすべてだよ。老いたら終わりだ。大人は、死者と同じにしか見えない、私たちにとって。

死にはじめの季節がくるね。

滅び前

どうか。ぼくを、動物園みたいなところで展示しないで。どうやってもしにやしないことをたしかめるために、火でかこんだり、みずにしずめたり、しないでね。ぼくはしなない。たしかにしなないけれど、殺されそうだったという事実は消えないのだから。
世界中の死者に追われ、殺されそうになったとき、ぼくはそれこそ死ねなくなるだろう。その腐り落ちた心をひきずるような彼らにはなりたくないとおもうのだろう。きみたちを見下すのだ。生きてそして死んだあとの、きみたちを見下し、罵るのだ。それでもきみたちは自分が、純粋で素直で素朴で、幼さを忘れない、心のすんだ人間であると、思っている。天使だと名乗るきみを、ぼくは絵にかき、地獄絵図として売ろう。

ぼくの頭上にいまある、夜空の空席はいつかぼくがしんで星になったとき、座る場所であるはずだった。それがいまゆっくりと新しい星にうめつくされていき、ぼくはまだ自分がとても若く幼いこと、病気も知らず、高速で走るきけんな車も、見かけない町にいることを、なぜか呪っていた。ぼくは不死身になるのだろうか、このまま、とつぶやいたとき、同時、ぼくの友や恋人たちが、死んだあとで、まだ生きるぼくに嫉妬して、ぼくを罵り始めるとき、殺そうとするときが、くることを想像する。みんながしぬなら、ぼくもしんであげよう。満天の星空でそう誓ったぼくは、やさしさと愛の化身だったよ。

50億

駅では待ちくたびれただれかの影がたくさん重なって、夜を局所的に作っていた。ほんとうの意味で冬がきたというならば全部死ななければならないと地球だけが知っている。地球はたくさんの氷河期と絶滅を見てきたんだ、きみの自殺や、きみの絶望を鼻で笑うよ。ぼくも、地球と共感したいからまずは50億年生きたい。きみのことくだらないと思っている。

ドラマが始まって、電話を切って、テレビを見ている間、たくさんの電車が右往左往している。運ばれているのは空気と細菌で、それからついでに人間たち、衣服とかばん。目を見ている間、その人の指先や足がどう動いているのかわからないのが、憎くて堪らない。だれにも負けたくない。だれの絶望にも負けたくない。きみのことを無視していたい。

春が来て、溶けた山やビルが、海に混ざって、またたれか生き物を作るんだろう。かわいそうだ。そんなことをしている間はいつまでたっても、ぼくらは不死身になれない、自殺とか絶望とかの話題に事欠かない。死んだやつは生きているやつに永遠に勝てないのに、生まれてくるからだれか死ぬんだ。

あとがき

私が詩を書きはじめたのは、完全な「なんとなく」だった。インターネットで同世代の人たちが投稿しているのを見て、一度だけ書いてみようかと思ったのだ。決して、続けるつもりなんてなかったし、そもそも書いたものが「詩」と呼ばれるものなのかすらわからなかった。だから、筆名すらろくに考えず、当時語感がおもしろいとおもっていた「たひ」という音を名前にして、投稿をした。

それより以前から、詩ではないなにかを、ブログなどで書き綴ることはあった。けれど、それが「作品」であるという自覚すらなく、ただ目の前に、与えられた「書く場所」があり、「書く時間」があり、だからこそ、なんとなく、書き続けていた。創作行為を「自己顕示欲の発露する先」だという人もいるけれど、そうした溢れ出すエネルギーを積極的にぶつける場所というよりは、風船みたいに膨らんだ「自我」に、小さな穴が偶然開いて、そこから自然と空気が漏れだすような、そんな消極的で、自然な、本能的な行為だったと思う。誰かに見られること、褒められること、けなされること、それらはまったくの二の次で、ただ「作る」ということが、当たり前に発生していた。それは手元にインターネットがあったから。発信する機会が、何の苦労もなく手に入っていたからだと思う。

たとえば昭和の女子高生だったら、私は今「作品」を作っていただろうか？　幼いころから作るという行為に執着をして、作ってばかりいたけれど、他者に見せることはなかった。たいていのものは未完で終わり、「作品」として形に残すことすらしてはいなかった。そんな私の目の前にネットが登場し、なんの苦労もなく発信するチャンスが手に入ったからこそ、私は自分の作品を誰かの目に触れる場所に放置するようになっていた。幼いころのように「恥ずかしい」だとか「勇気がない」だとか考える暇もなく、作るという行為が、公開するという行為にダイレクトに結びつくことで、なんの疑いもなく公開ができていた。そしてそのような状況に陥ってやっと、私は作品を「完成」させるようになっていった。

作品を完成させることは、創作とはまた別の能力が必要だと思う。私の周囲には、おもしろい文章を書ける人や、味のある絵を描く人はいるけれど、かれらが作品として物を作り、完成させるところは一度だって見たことがなかった。ノートの走り書きや、メールの一部として、その才能が垣間見られるだけで、何度勧めても、かれらは「作品」という形式で物を作ることはしなかった。できなかったのだと、かれらは言う。「作品」というものを、完成させることは、作る才能とはまた別のものが必要なのかもしれない。それはきっと、めずらしくもなく、とても地味な才能だろう。必要に駆られなければ、だれも手に入れようとはしないような、そんな。

作品を「完成」させることは、決して創作行為の醍醐味ではなく、むしろ苦痛なものでしかない。作るということ自体が楽しく、その行為を続けていきたい人にとって、それを美しく終わらせることは、決して望んだことではないのだから。私にとってもそれは同じだったはずで。けれど、けれど、ネットで公開をするようになれば、投稿ボタンを押すために「完成」をさせなければならなくなった。「完成」が強いられる状況で、私はやっと「作る」という行為以上のなにかを得ることができた。むしろ、それこそが私が作品を公開する理由だったのかもしれない。完成を強いられる状況を、欲していたのかもしれない。

時々、「他人に「作れ」と言われるまではなにも作ろうとせず、作らずにはいられないという衝動もない人が「作る人」になるのは難しい」という話を聞く。「作れ」と他人に言われる前から勝手に作り続けている人が「作る人」になれる、という話で、確かに一理あった。いつの時代も、作らずにはいられなくて、ずっと作り続けている「作る人」はいて、そういう人たちが大半を占めていただろう。なんの見返りもなく、なんの必要性もないけれど、作り続けるためには、そうした執念が必要なはずなのだ。けれど、今の時代、ネットがある時代、作れと言われる機会も発表するチャンスもぐっと増えて、本来なら「作る」ことに無縁だったけれど、「作れ」と言われてなんとなく、一度だけ作って、本人はそんな忘れてしまっているけれど、作品だけがずっとどこかで残っているような、そんな新しい「作る人」が生まれている気もしている。

私はそんな人たちに、あこがれる。幼いころから作る行為に執着してきた私にとって、そうした人たちは存在自体が不思議で、そういう人たちの作品に触れることができるのがとても嬉しい。たとえば、十代の人の数回だけ投稿されたあと、放置されたようなブログ。作品という自覚があるのかもあいまいな、文章の羅列。そういうのを見ていて、彼女たちが飽きてしまった「創作行為」が、きちんと人の目につく場所に放置されるようになってよかったと思う。彼女たちは、「作る人」であり続けることはできなかったけれど、その一瞬はたしかに、「作る人」で、そして、その一瞬は永遠に、ネット上に保存されているのだ。

「作る人」でありつづけることはたしかに、だれにでもできることじゃないのかもしれない。でも、だれでも、一瞬は「作る人」になることがありえるんじゃないだろうか。そして、その一瞬を世界がやっと捕まえた。誰もが目撃できるようになった。そう思う。私はそれが嬉しいんだ。

私は、「創作」という行為に、神聖さなんて少しも感じない。世の中には、創作を神聖視する人もいるけれど、そんな大した行為ではないと思う。そして逆に、自己顕示欲の発露先だなんて、安易で暴力的な解釈もしていない。前述した、風船の穴から空気が抜けるように、あたりまえの「自然」な行為であり、「本能的」だと思っている。穴が開いた風船は、どんなものも空気が抜ける。それと同様に、人にとって、「創作」は当たり前で、人として存在するために、必須の行為なんじゃないかと。

常に思っていたことがある。

わかりあうことは、気持ちが悪い。そんなこと。常に、本当に常に、思っていた。青春時代にみんなで、ナルシストとか、イタイとか、不思議ちゃんとか、中二病とか、言い合って、個性的にならないよう毎日牽制しあっている、そういうのを見て、ああ、こうやって、平凡な人間は量産されていくのかと考えたりもしていた。みんなと違う、自分だけの特徴を、恥ずかしいものとして隠していくことが彼らの処世術で、平均的でみんなと同じ人が偉いんだと当たり前に考えていて。ばかみたいだ。それは偉くなったんじゃなくて、「無」になっただけだ。誰にも見えなくなったから、嘲笑われなくなっただけだよ。そう、私は言いたかった。なんにもおもしろくない、これじゃあ、きみたちがこんなにたくさん教室にいる意味がない、きみの気持ちをだれかが全部共感できるなら、きみなんていなくてもいいってことだ。そう、叫んでしまいたかった。私は、感情がなんでもすばらしいなんて言わないけど、感情が美しく見えるのは「だれにもわからない」時だと思う。感情はただの乱れでしかないけど、その人のそのときにしか生じなかった乱れは、さざなみみたいにきれいだ。

誰にもわからない、わかってもらえない感情が、人の存在に唯一の意味をもたらしている。そして、だからこそ感情の結晶である作品が「わからない」と言われることは、ある種当然のことだった。私は作品において、「わからないけど」と言われること、「けど」と最後に付け加えられることを大切にしていた。そもそも、私は作品を作るうえで、「書いている時の自分の思考回路を、そのまままるごと言葉に写像すること」を理想にしていた。私はコミュニケーションが苦手で、それは、他人が苦手なのではなくて、「気持ちを伝える」ということのために自分の中にある複雑で曖昧な自分だけの感情を、単純化して、既存の喜怒哀楽といった感情の定型に当てはめて行くことが不気味でたまらないからだった。アウトプットの過程で、何か大事なものを切り捨ててしまう予感があったのだ。思考にははっきりとした筋などないし、感情もまじったり、順序がばらばらだったりする。それらを、100％完全に、アウトプットしてみたかった。共感を求めるあまり、切り捨てられていく自分を、作品においては救いたかった。読み返したとき、書いていた時の視界や鼓動や聞こえていた音が、みるみるよみがえるような感覚になるように。全神経で過去の自分を保存するような、そんな形にしたかった。もしそれが成功すれば、読者は内容について事細かに解釈することはできなくても、作品を読むことでふと、一人の人間に会ったような、そんな感覚を得られるかもしれない。私にとってそれが目標だった。もちろん「わからない」だけでいいわけじゃない。ただ、「わかる」ことが必須だとも思わない。理解してもらいたいなら、自分の説明書でも書いて、渡せばいいこと。作品という形で、相手に渡す以上、私は「理解」以上のものを、相手に渡してしまいたい。「会う」という行為が、作品においてもできる気がしている。

私は、人というのはみんな、何かを作っている存在だと思っていた。なにも作らず、生みださず、だれかが作ったものを受容するだけの存在になることは、幼いころから直感で、「屈辱的だ」と思っていた。理由などない、論理的にだれかを納得させることなどできない。ただ、どうしようもなく、受容するだけの自分を想像すると、いたたまれない気持ちになっていた。文化的で人間的におだやかに暮らしている人たちに、妙な嫉妬を覚える。昼下がりの地方都市を散歩して、古本屋やレコードショップに立ち寄って、野良猫と会話できるようなその人たちに。そうした、おだやかで受容するばかりの生活をしても、焦らずにいられるのだということに、信じられない、と素直に思う。会話や、人づきあい、コミュニケーションだけで、自分という存在がきちんと世界に存在しえるとは考えられない。多くの自分が、共感を求めるあまり切り捨てられていくだろう。だから私は「作品」を作らなければならなくて、そうでなければどこにも存在できないと、ずっと危機感を抱いてきた。

そんな私にとって、創作をする人はただ自己顕示欲が強すぎるのだと、安易な解釈をする人は不思議だ。創作に思いを込めすぎることと、自分だけの世界を作ることが、ナルシストであるとするならば、単純に、自分の世界を作らない人間が平常であると言える。でも、本当にそうなんだろうか？　仲間と、同じ感情、同じ言葉を共有しあい、わかるよ、わかるよ、わかるよ、と鳴き声のように発し続けることが、「平凡な日常」なのだろうか？　その人たちはその共感の過程で自我を切り捨てることがなかったのだろうか？　だれもが共有し合える感情しか持たない人間なんて、そこにいなくてもいい。みんな同じなら、たくさんいなくても、一人いればいいのだ。それで、平気なんだろうか。それが普通なんだろうか？

人は、そんなには似ていないよ。同い年でも、同性でも、家族でも、恋人でも、大して似てはいない。そう思う。そしてみんな、孤立している。本質をすべて、理解してもらえる人なんてどこにもいない。孤独だ。かといって、みんな違っていること自体が、なにか「特別」であったり、価値があったりするわけじゃない。ただただ異なる、それだけなのだ。だれも特別ではないし、優劣もない。でもわかりあえない。その状況で私たちは、自分をごまかして、孤独から逃れようとしている。それが単純に自分を殺す行為だとしても、つい、共感をすべてだと信じたくなる。そしてだから、共感は気持ちが悪い。わかりあうことは気味が悪い。わかるよと言い合うことで安心をして、自分を安楽死させていく。それが普通だと信じている。何かを作ることは自己顕示欲が強いナルシストだから、と言いだしてしまう。死んでしまった自己は、だれにも弔われず、だれにも記憶されず、どこかに深く沈められてしまうのに。

だから私はたくさんの人に「作って」いてほしい。その人たちの「特別」が、たいしておもしろいものでなくても。そして、一瞬だけでもなにかを作ってみた人が、そのことを忘れてしまっていることがさみしい。料理の間の鼻歌でもいい。教科書のはしのらくがきでもいい。そうした小さな「作る」という行為が、彼らの手元から半径30㎝以内で、終わってしまい、消えてしまうこと。彼ら自身も忘れてしまうこと。だれからもリアクションをもらわず、よって、「作っている」という自覚も得ないでいること。とても、さみしい。

鼻歌でもらくがきでも、そうした小さな「作る」という行為が、今はちゃんと、「誰かの目に触れる」ところまでいける。そういう時代がきたことを私は至福だと思う。人の「作る」という行為が、ずっと広い意味を得たこの時代に、「作る」という行為に神聖さや、過酷さを当然のように求め、それを美学とするのは古すぎるように思う。私たちはあたりまえのように「作る」ことができる動物で、そしてそれをあたりまえのように受け止めることができる動物なんだ。生活の一部だ。人の心のただ、機微だ。そう思う。明日だって、明後日だって、人はたくさんの作品を作る。笑うように、泣くように、あたりまえに簡単に、作る。それらは、少しも重くないし、少しも軽くない。共感から離れたところで、その人の孤独な部分が、きちんと息をしているんだ。あたりまえのものとして。

初出一覧

空が分裂する
別冊少年マガジン　二〇〇九年十月号～二〇一一年六月号

空が分裂する
「誕生日」
現代詩手帖　二〇一二年二月号
「花火、逝く」
文學界　二〇〇八年五月号
「6個目の心臓」
真夜中　No.2
「南へ」「うたうたっていて逮捕される人」「夜は月」
真夜中　No.10
「ミッドナイト夜」「ロンリネスロンドンルララ」
「天国と、とてつもない暇」「月の心臓」
真夜中　No.12
「リトルリトル」「死後」
ユリイカ　二〇一〇年十二月号
「冬の星の木の実」
apart my surround magazine vol.000
「夏襲来」「滅び前」
現代詩手帖　二〇一二年三月号
「50億」
界遊００５

空《そら》が分《ぶん》裂《れつ》する

2012年10月9日　第1刷発行（定価はカバーに表示してあります）

著者　最果《さいはて》タヒ

©Tahi Saihate 2012

発行者　清水保雅
発行所　株式会社　講談社
〒112-8001　東京都文京区音羽2-12-21
電話番号　編集部　東京（03）5395-3459
販売部　東京（03）5395-3608
業務部　東京（03）5395-3603

印刷所　大日本印刷株式会社
製本所　大日本印刷株式会社

本書のコピー、スキャン、デジタル化等の無断複製は著作権法上での例外を除き禁じられています。本書を代行業者等の第三者に依頼してスキャンやデジタル化することはたとえ個人や家庭内の利用でも著作権法違反です。

落丁本・乱丁本は購入書店名をご記入のうえ、小社業務部宛にお送りください。送料小社負担にてお取り替えいたします。なお、この本についてのお問い合わせは週刊少年マガジン編集部宛にお願いいたします。

N.D.C.911　95p　19cm　Printed in Japan　ISBN978-4-06-364898-0